You create your own reality.

每 天 的 生 活 ， 都 是 靈 魂 的 精 心 創 造

賽斯心法2

信任

——《個人與群體事件的本質》讀書會2

主講——許添盛
文字整理——李宜懃
總編輯——李佳穎
責任編輯——管心
編校——張郁琦
美術設計——唐壽南
版面構成——黃鳳君
發行人——許添盛
出版發行——賽斯文化事業有限公司
地址——新北市新店區中央七街26號4樓
電話——22196629
傳眞——22193778
郵撥——50044421
版權部——陳秋萍
數位出版部——李志峯
行銷業務部——李家瑩
網路行銷部——高心怡
法律顧問——北辰著作權事務所
印刷——鴻柏印刷事業股份有限公司
總經銷——吳氏圖書股份有限公司
地址——新北市中和區中正路788-1號5樓
電話——32340036　傳眞——32340037
2016年1月1日　初版一刷
售價新台幣350元（缺頁或破損的書，請寄回更換）

ISBN 978-986-6436-76-5
賽斯文化網站 http://www.sethtaiwan.com

每天的生活，都是靈魂的精心創造

You create your own reality.

Trust: Introduction to "The Individual and The Nature of Mass Events"Vol. 2

信任

《個人與群體事件的本質》讀書會 2

許添盛醫師◎主講
李宜懃◎文字整理

關於賽斯文化

發行人 許添盛 醫師

我是個腳踏實地的理想主義者。賽斯文化，是為了推廣身心靈健康理念而成立具公益性質的文化事業，希望透過理性與感性層面，召喚出人類心靈的「愛、智慧、內在感官及創造力」，讓每位接觸我們的讀者，具體感受「每天的生活，都是靈魂的精心創造——You create your own reality.」我們計畫出版符合新時代賽斯精神之書籍、有聲書、影音商品及生活用品，並將經營利潤致力於賽斯思想及身心靈健康觀念的推廣，期待與大家攜手共創身心靈健康新文明。

信任

《個人與群體事件的本質》讀書會2

Trust : Introduction to "The Individual and The Nature of Mass Events" Vol. 2

目錄

第11講

關於賽斯文化

第14講

第15講

第16講

第17講

第20講

第11講

11-1

藉由疾病逃避問題並非解決之道

（《個人與群體事件的本質》，以下簡稱《個人與群體》，第一〇六頁第六行）我們真的期待會病倒，因為病倒可以作為不去面對許多問題的藉口。（編按：內文中摘自賽斯書的字句以楷體字標示）病倒有很多好處，只要一生病，周遭的人會說：「身體健康比較重要，那些問題統統不要再想了。」八成以上的疾病都不是病，而是不想面對問題，或是想透過疾病達到某些目的。

許多人幾乎有意識的覺察自己在做什麼，所有需要做的，只是對社會如此張揚提出的暗示付出注意而已。很多宣傳提醒大家，得到乳癌會摸到腫塊，像我有個個案，有事沒事就檢查乳房，心中滿懷著恐懼，期待可能找到腫塊。

民眾對社會的公益廣告付出注意力，可是其背後多半是負面暗示，因此體溫真的上升了，關切使得喉嚨變乾。潛伏的病毒真的被激活了，本來潛伏的病毒沒有造成任何傷害，甚至還對健康有幫助，但因為恐懼害怕，讓我們不去面對很多問題，結果真的激活了病毒。

有學員問我：「生病被視為不去面對許多問題的藉口，像癌症也是一種逃避，對不對？等癌症治療好了，還是要面對那些問題，一直逃避問題並沒有解決，怎麼辦？」

我回答說：「有時候癌症醫不好就是因為如此，治好了一個器官，但問題沒有解決，於是不斷復發轉移，肝臟治好了，還有腎臟，肺癌治好了，還有鼻咽癌可以得，可得癌症的地方多得很呢！」

學員又問：「是不是要徹底改變這個人的信念？如果這個人的個性就是愛逃避呢？」

我回答說：「沒錯，逃避無法解決問題，只會讓問題彷彿不存在，甚至加重問題；面對問題乍看之下很可怕，卻是逐漸減少問題的過程。如果要讓一個天性逃避的人勇於面對生命，就要讓他看到逃避比較困難，不逃避比較容易，帶領他改變一些基本信念。很多人寧願死於不改變，也不願意冒險去改變。我們學習整個身心靈的思想，關鍵就在於『冒險』兩個字。」

用藥越少的人越健康，臨終前越不受苦

整體而言，接種本身沒有好處，尤其接種是用來預防一個事實上還沒有發生的流行病，還有潛伏的危險。因為接種的出發點是恐懼，相信身體沒有抵抗力。這是賽斯的觀念，我

沒有鼓吹大家不要去接種，只是告訴大家賽斯怎麼想。

接種可能有某個特定的效果，但整體而言，它們是不利的，擾亂了身體的機能，而引發了也許有一陣子都不會顯現的其他生理反應。賽斯說過，現代人預防接種太多、服用太多藥物，所以容易得癌症，因為癌症就是免疫系統的疾病，免疫系統分不清楚癌細胞和正常細胞。此外，現代人得到愛滋病不容易復原也是因為如此。

如果沒有很多藥物和預防接種的干擾，身體本身的免疫系統很好，能更輕易地從癌症和愛滋病復原。我後來甚至有個理論，這輩子從出生到死亡，吃的藥越少的人越健康，連死的時候都很快，不用拖。很多老人家一輩子不吃藥，臨死之前得個感冒，一下子就走掉，有些則是一輩子吃藥，後來在醫院又大量使用藥物，插上呼吸器拖時間。

我大概從二十幾年前開始，就不曾吃過藥，除了洗牙、補蛀牙之外，也沒有用健保卡，後來我學會使用牙線，又發現再也不用看牙醫了。我希望大家儘量少使用藥物，越少用藥表示越用到身體自我恢復的能力，如果任何病都要用藥，得到大病無藥可醫時怎麼辦？賽斯說過，尤其是情緒方面的疾病，憂鬱症或心理問題，最好不要用藥，除非涉及疼痛逼不得已才用，任何改變心智的藥物，像是抗精神病的藥、鎮定劑、安眠藥，能不用就不要用。

可是我犯這個戒律最多，因為我每天開藥給無數的人吃，我已經能少開就少開，對病人來說真的是天大的福氣，我不喜歡用藥物去壓症狀，希望幫他們做心理治療，用藥比較輕，不要影響真正的生理現象。這麼做真的很辛苦，看門診要比別人付出五倍的心力，有時候禮拜五從早上九點看到兩點半都沒吃飯，每個病人來都要問原因，有些病人到最後嫌我囉唆，說：「醫生，趕快開藥給我就好了，不要問這麼多。」要用心在自己的崗位上實現理想，雖然不容易，但是如果願意承擔，絕對會有價值。

整體而言，這輩子吃的藥越少越好。我們常說：「給孩子魚吃，不如教孩子怎麼釣魚。」可是孩子剛學會釣魚，不見得釣得到，等到他慢慢會釣了，一輩子就沒有問題。我們的醫學界都是直接給孩子魚吃比較快，並沒有提升身體自我療癒能力，也沒有幫助大家運用自己的力量恢復健康。

11-2

科學與宗教矛盾的信念，讓很多西方人在聖誕節心靈沮喪而生病

（《個人與群體》第一〇七頁第二行）每年流行性感冒的季節，大部分都是在聖誕節前後。聖誕節是全世界流行性感冒季節，這裡在講西方世界有個科學與宗教之間信念上的矛盾。

（《個人與群體》第一〇八頁第四行）基督教的思想開始要求「悲傷之子」要喜悅，而罪人要找到兒童似的純潔。基督教的主要思想是人有原罪，要懺悔；可是在聖誕節時，要流露出孩子般的純潔，要感到喜悅自在。悲傷之子如何喜悅？罪人如何找到兒童般的純潔？

而要叫人去愛一個有一天將毀滅世界、且如果不崇敬祂就要罰他們入地獄的上帝，信上帝得永生，不信上帝會下地獄，如何去愛這個上帝？我講的不是邏輯上的對錯，只是說中間的矛盾之處。一到聖誕節，每個人都要叮叮噹噹平安喜樂，像聖人般純潔，可是一過完節日，回到生存競爭的現實世界，商場上你爭我奪，大家又是罪人了。東方的思想也大

同小異，充滿業障、人是不潔的論調。如果宗教是要讓人喜悅，住在這個臭皮囊裡如何喜悅？身上背著這麼多業障如何自在？有太多的矛盾。還要一天到晚預防自然災害，人如何平安喜樂呢？

（《個人與群體》第一〇七頁第七行）當這樣的難局出現，就會面對心靈上的沮喪，因為現實生活與理想差太多，現實如此殘酷，希望又如此遙遠。聖誕季在社會裡攜帶著一個人的希望，流行性感冒季節則反應出每個人的恐懼。如此被上帝的恩惠所賜與的身體似乎無能照顧自己，而是疾病與災難的天然獵物。

在基督教世界，身體是上帝造的，一方面要讚美上帝萬能，可以治癒疾病，一方面要預防身體得到流行性感冒、癌症、老年痴呆。為什麼上帝要造一個會生病的身體呢？等到生病之後，再去祈求祂幫忙醫治，為什麼不直接造一個不會生病的身體就好了？我要說的是其中矛盾的本質，無關對錯。身體似乎無能照顧自己，才需要預防注射、吃健康食品、做癌症篩檢，而且像「各位女性，六分鐘護一生」等宣傳暗示，都不斷提醒我們身體會得到癌症。身體從哪裡來的？上帝造的，我們到底要愛上帝還是怨上帝？

為了彌補這個鴻溝，我寫了一本書《你可以不生病》，提出一個根本理論：「身體本來就不會生病，生病是反映出我們的心靈。」上帝、一切萬有創造的身體本來就是讓人不生病，有些小病只是自我調整，內部整修。但是不知道從何時開始，人相信身體隨時會生病，信念創造實相，於是現在人類的身體紛紛生病了。

人類從來沒有覺悟到能透過信念創造實相。從某個角度來說，我們都是覺者，我甚至可以封大家為阿羅漢，我不是說我是佛，因為阿羅漢就是已經開始瞭解且相信「我創造我的實相」這句話。現在整個人類還沒有到這個階段，將來這個世界需要我們提醒眾生皆有佛性，可以形成自己的實相，這真是偉大的工作，不可思議啊！光把這個思想告訴周遭的人，就是傳福音，我常說自己是福音使者，我們將來都要把這樣的福音和感動傳出去，讓很多人找回自己的力量，不必在疾病痛苦中不斷輪迴。

（《個人與群體》第一〇八頁第七行）許多人夾在這種矛盾信念之間，特別會在聖誕季節淪為疾病的受害者。在任何一個城市裡，教堂與醫院常常是最大的建築物，也是唯一不必藉助都市法規而在星期日開放的建築物。這裡賽斯又幽默又嘲諷，台灣的寺廟和醫院也是最大的建築物。在美國，所有的建築物星期日都要關起來，只有建築法規說可以開放的建築物才能開放，商業大樓不能開放，只能開燈。

如果覺得自己不好，身體就變得不好

醫院和教堂二十四小時開放，無法將私人的價值系統和健康分開，而醫院常常由宗教所灌輸給其子民的罪惡感得利。這句話深思下去不得了，如果信仰的宗教每天灌輸的觀念是：「人是不潔的，有業障。」受害者會是誰？人民。得利者是誰？醫院。

大部分的疾病都來自於罪惡感，「我做得不好，我有業障，我對不起別人，我比不上人家。」我常講一句話：「如果你覺得自己不好，身體就變得不好。」因為身體會隨著主人怎麼看待自己而變化。賽斯說過，人唯一要守的戒律是不得直接侵犯別人的肉體和心靈，除此之外，每個人都要自我肯定，越接納自己，越能散發出信望愛、真善美。

覺得自己不好的人身體就不會好，這句話很弔詭，也很發人省思。如果覺得自己是罪人，有很多業障和欲望，就不可能健康，因為罪人不配得到健康，會有業障病。其實是先有業障的觀念，人才有業障病。再回到我們修的法門：「信念創造實相。」太多疾病都是起因於自我責備，自我批判對全人類沒有幫助，知道自己不對，改正就好，不必自我譴責。

11-3

生命是禮物而非詛咒，每個人天生獨特而有價值

（《個人與群體》第一〇八頁最後一行）人類最強的屬性就是宗教情懷，它是心理學上最常被忽略的部分。我們生而具有一種自然的宗教知識。我們過去接觸的宗教，充其量都只是人為的宗教，是人製造出來的崇拜和觀念，不是人類自然內在的宗教情操。

何謂人類與生俱來的宗教情懷？人天生都有宗教傾向，相信未知的宇宙有奧妙的源頭，對自己存在的根源感到好奇。如果人沒有宗教傾向和宗教情懷，原始部落就不會有祭師、祭典，也不會有任何宗教起源的神話、寺廟、教堂。

宗教就是在尋求人類的本質、宇宙誕生的意義，所有人都具有宗教情操。但是大家過去所信的宗教都不是自然的宗教，沒有真正貼近我們的內心，所以除了少數極端的宗教主義者之外，目前有宗教信仰的人越來越少。台灣雖然號稱很多佛教徒，但真正參與活動的人也不多，為什麼呢？因為人們需要一個「心的宗教」，更能貼近每個人的心靈，而不是信仰之後反倒被禁錮，起更多的分別心、更恐懼不安，那不是宗教的目的。

生命是禮物而非詛咒，我是在自然世界裡獨特而有價值的生物。如果有個宗教說：「人是受到詛咒、有業障才來到人間，罪人就是要來世間輪迴、受苦還債。」一旦不自覺落入這類陷阱，就有吃不完的苦頭。其實這種論調完全違背「生命是喜悅」的原理，生命應該是禮物，值得讚嘆，而不是有原罪、業障，要趕快懺悔，變成純潔。世間會有這麼多苦，也是人製造出來的。

每個人都被愛和祝福包圍，在宇宙間獨一無二，僅此一家，別無分號，不需要跟別人競爭比較，也不需要證明給別人看。每個人的長相、個性都很獨特而有價值，要贊同、喜歡、接納自己。

疾病多半起因於相信自己沒價值，病人常想：「我活著只是拖累家人，對世界毫無貢獻，沒有資格活著。」很多家庭主婦會想：「我沒有賺錢，沒有讀很多書，所以沒價值。」這些想法完全違背了「人天生就有價值」的信念，賽斯說，真正來自內心的宗教，就是不管別人說什麼，不管表現得好不好，都要相信自己獨特而有價值。

自然界隨時隨地提供身體滋養

自然界隨時隨地包圍著我、給我滋養，而且提醒我自己以及世界所來自的更大源頭。

自然界充滿了愛，不需要對自然界過敏。我常說，很多過敏性疾病，像異位性皮膚炎、過敏性鼻炎、氣喘，都不是過敏性體質，而是過敏性人格，代表這個人在抗拒世界，無法與環境和平共處。

很多異位性皮膚炎的孩子不適應求學環境；很多氣喘的孩子不適應父母吵架、過度嚴格的環境；很多過敏性鼻炎的人排斥這個世界，內在人格的深處抗議周遭環境。大自然不會讓人過敏，身體也不會對大自然敏感。大自然及周遭環境都來自於更大的源頭，那就是信望愛、真善美。

這個世界充滿善意，任何違背此信念的理論都是錯的。像是達爾文主義者說，人性醜惡、只有適者生存、不適者淘汰、自然界很無情，這些觀念都不正確，醫學也違背了世界充滿善意的信念。

「我的身體愉快地適合它的環境，再次地，也是由那未知的源頭而來，那個源頭透過物質世界的所有事件顯示它自己。」身體愉快地適合任何吃下去的食物，很多健康食品、有機飲食的觀念，教人不要信任食物，結果害了大家。有些書上說：「牛奶、水、蛋會致癌，都不能吃。」我們一定要回到這句話：「身體愉快地適合環境。」要把整個大自然視為充滿了愛的滋養，我不是不贊成有機飲食、健康食品，可是其背後一直灌輸大家一個觀念：「我們活在致癌的環境，吃下去的食物會致癌。」這種論調實在無法讓人安心自在。真正的宗教情操是覺得這個世界很棒，不只感覺、還要採取行動，不是掩耳盜鈴般自我催眠，而是要保護環境，讓出空間給其他生物生存，使環境更乾淨美麗，這才是我們應該做的。不必疑神疑鬼，懷疑環境會致癌，就彷彿這個世界很糟糕，讓人隨時提心吊膽。

那種感覺給了身體樂觀、喜悅及源源不絕的精力去生長。如果完全相信這些話，就會很樂觀，不會一看到牛奶就擔心致癌或覺得世界很糟糕，而是會鼓勵好奇心與創造力，把個人同時置於一個心靈世界與一個自然世界裡。

綜上所述，從肯定存在的獨特和價值、生命是禮物、身體愉快地適合環境、整個世界有更大的真善美源頭，一直到給予我們的存在樂觀、喜悅及源源不絕的精力，這就是真正的宗教情操，按照這個信念生活才會幸福快樂。

11-4

預防醫學建立在恐懼的基礎上，有時適得其反

（《個人與群體》第一〇九頁第九行）組織性的宗教常常很狹隘、教條化，如果一個宗教越有容忍性的話，就越接近內在的真理。不過，個人擁有私人的生物與心靈健全性，那是人的傳承之一部分，人無法不信任自己的天性，同時卻信任上帝的本質。就是說，我們不可能一方面覺得自己不好，同時一方面又信上帝、信佛。上帝會愛這麼糟糕的人嗎？人會愛把自己造成這麼糟糕的上帝嗎？不可能。我們不可能每天自我否定、批判自己，卻又說自己信佛、愛上帝，因為神性和佛性就是人性的來源。

「上帝」是人對自己存在來源所用的字眼，如果人存在的本質被污染，那麼他的上帝也必然如此。如果我們的天性是貪嗔癡慢疑，根本不用信佛了，因為人性從佛性、上帝的本質而來，如果人的存在被污染，上帝也必然如此。我們要看到很多矛盾衝突的信念，反覆思考，瞭解自己的存在。

醫生常常是極端的不健康，並不是說醫生要害大家，而是說他們也如此地擔負著特定

的健康信念。根據統計，醫生比一般人少活十年，自殺率最高的是精神科醫生，因為在所有醫生裡面，精神科醫生最不快樂，病人去找不快樂的醫生醫治憂鬱症，實在是緣木求魚。我的意思是，要醫治別人的疾病，自己要先樂觀健康，想要健康就要找健康的人，看看他們如何能健康，擁有最多醫學知識的人不見得更健康。

預防的概念永遠是建立在恐懼上，我們不會想要預防愉悅的事，不需要預防幸福快樂。因此，預防醫學常常引起那些它希望避免的疾病。預防某件事就表示越加重它。預防的概念不只是繼續助長了整個恐懼系統，而且，為了預防尚未患病的身體患病，而去採取特定的步驟，卻常會引起一些反應，而帶來如果事實上已得了病會發生的副作用。

從動機來說，叫做預先假設犯罪論，先假設某人會犯罪，然後加以預防，既然在信念上已經先假設他會犯罪，不犯罪反而很奇怪。很多大家以為的健康醫學概念，反而加重疾病，病人往往會覺得幸好早期診斷、早期治療，卻忘了最初是誰讓疾病發生的？

也有一些情形是有些人在接種之後發生了變異，那些菌種、基因或是病毒會突變，像之前SARS時，大家也一直很擔心它會變異。因此有一陣子人們真的變成了疾病帶原者，而能傳染其他人。有些人透過接種變成帶原者，而有些人則透過接種得到某個病，像是接種小兒麻痺疫苗，結果得到小兒麻痺，即使如此也不需要埋怨，因為這個人的靈魂本來就決定要得小兒麻痺，這是靈魂的選擇，不管有沒有接種都會得到。還有另一種則是接種後，沒有得到這種病也沒死掉，但是長大後會車禍或變成精神病，因為他們打從一開始就沒有準備要應付成人生活。要從身心靈的角度來看，才會對人生有更深入的瞭解。

有些人不管有沒有接種，都很少生病，他們對健康方面的事並不敏感。因此，賽斯並不是暗示所有人都會對接種有負面反應。我覺得賽斯很聰明，他告訴大家接種沒有好處，可是他也說一旦接種了，就要信任它，並沒有暗示接種會產生負面反應，不希望帶給大家任何恐懼，賽斯的每句話都要讓人心安。

不過，以最基本的說法，接種也並無任何好處，賽斯知道醫學史會與他牴觸。我是醫生，我很清楚，有時候我也很難啟齒。在某些時代，尤其是當近代醫學科學誕生的時候，對接種的信念——如果不是被老百姓，就是被醫生所相信——的確擁有新暗示及希望的偉大力量。所有人都期待愛滋病、癌症、絕症有疫苗，疫苗似乎是人類偉大希望的象徵，就像買樂透，一張在手希望無窮，花五十元買個開獎前的希望，不管有沒有中獎，至少那段時間有件事值得期待。

11-5

醫生的愛心是治病的關鍵，但病人的特殊需求常讓醫生陷入兩難

（《個人與群體》第一一一頁第一行）恐怕醫學曾經引起與它曾治癒同樣多的新病，醫學同樣也造成了很多的新病，有時候當醫學救了命的時候，從來都不是醫學科技本身，不是因為藥物，而是醫生本身直覺的治癒性瞭解，或病人被醫生所做的偉大努力深深打動，因而，也間接信服了他自己的價值。

比如說，一顆藥的背後，包含了許多研發人員的愛心，他們日以繼夜研究，希望治好人類的疾病，再加上藥物管理局、動物實驗、人體實驗等單位的人員層層把關，懷著仁慈的治癒之心，默默付出，這顆藥才會有效。

有些人被外科手術救回來，是因為在過程中，發現自己這條命起碼有人要救，對醫護人員的付出很感動，決定珍惜生命。很多接受器官移植的人，會想：「如果我再不好好活下去，怎麼對得起器官捐贈者和他們的家人呢？」因此，不是這個新器官讓他活下去，是別人為他做了這些努力，間接地說服了他有價值。這裡面有太多的心理和心靈因素，醫學

並沒有看到更深的內在涵義。

醫生也經常被許多不願為自己健康負責的人，以及要求他們並不需要的手術之人所指揮。台灣女人最常見的就是拿掉子宮，醫生說：「反正妳有子宮肌瘤，也不生小孩了，就統統拿掉好了。」但也有很多婦女去求醫生把她們的子宮拿掉，醫生說沒那麼嚴重，可是她們堅持一定要拿掉。有的婦女乳房長一顆腫瘤，醫生不能百分之百確定是不是惡性，病人就會說：「乾脆拿掉，我不想帶顆定時炸彈在身上。」

很多醫生也被那些不想要痊癒的人造訪，而用醫生及他的醫術作為再病下去的藉口，然後責怪「那個醫生真沒用」或「那種藥根本沒效」，為了一種他們無意改變的生活方式而去責怪醫生。有些人的病不能醫好，尤其是老先生、老太太，要是把病醫好了，或是說他們根本沒生病，這些人會很生氣，因為不能繼續對子女情緒勒索，不能打電話給孩子說自己病得很重，要小孩回來探病。

碰到這類病人，要跟他們說：「這個病有點棘手，但是我們慢慢醫，還是有希望治癒。」這樣他們會很高興地告訴小孩：「醫生說我生病了。」總之，一定要找到一個醫生證明他們有病才會善罷干休。有的病人還沒有打算讓病好起來，病好了也不知道要做什麼，反倒失去了孩子陪他上醫院的樂趣，剝奪了親子相處難能可貴的時光。很多人透過生病得到親人的關心，這種病人不能隨便醫好。

消除心靈上的痛苦，肉體必定痊癒

醫生也被夾在宗教與科學信念之間，有時候會彼此衝突，而有時候只會加深他的感覺：身體，若不去管它的話，會得到任何可能的疾病。這是目前全世界流行的觀念，誤以為如果不去管身體，不檢查保養，會得到任何可能的疾病。

但是開始上賽斯課後，觀念要完全改變，我們必須信任身體，只要不糟蹋它，不去管它，身體有能力全然療癒自己。身體有病不是身體本身生病，是反映出心靈的痛苦，如果抱持這種觀念，百分之八、九十以上的病會自然痊癒。真正的治病，是找出這個肉體疾病相對於心靈上的理由，面對和消除了心靈上的理由，肉體一定會痊癒，縱使癌症末期也不例外。這是身心靈醫療的精髓，自我覺察、自我探討，全然信任身體。

我們的價值系統以及最切身的哲學判斷，無法與個人或群體經驗的其他區域分開。在美國，很多稅收用在推動許多醫學實驗和預防醫學上，因為我們不信任自己身體的良好意圖，不信任身體天生會帶來健康和喜悅，所以要花很多錢去研究。以同樣方式，政府經費也用到國防上去預防戰爭。買武器來預防戰爭，就像買毒藥來預防自殺，沒有兩樣。乍聽之下，買武器預防戰爭很有道理，但是深思下去完全不對。

槍是用來射出子彈打在人的身體，老子說：「兵者，不祥之器，非君子之器。」任何製造兵器的廠商和國家統統要放下。軍火槍枝製造商會說：「我們製造的槍是用來保衛人民啊！」但是把子彈射到人的身體來保衛人民，這個邏輯有點怪怪的。如果有人製造槍枝，這些槍的子彈有一天會射到他心愛的人身體裡，這就是輪迴，不是懲罰，是靈魂的自我學習，難道他製造的槍射出來的子彈，不是進到別家孩子的身體嗎？因此，不管再怎麼合理的藉口，都不能合理化。這就是賽斯說的「觸犯了不得侵犯的戒律」，這是有意的觸犯，就是因果。要是大家都能明白這一點，就不會再有人死於槍下了。

11-6

信任身體對我們的健康意圖＝信任其他人對我們的善良意圖

（《個人與群體》第一一二頁第一行）如果我們不信任自己身體對我們的良好意圖，也很難信任自己同類那方面的任何良好意圖。因為擔心對方會打人，為了要預防，於是在對方動手之前先打對方，到最後兩個人就打起來了。

預防醫學與不像話的預防性國防花費十分相似，在每個例子裡都有對災禍的預期，有一個例子是來自熟悉的身體，它在任何時候都可被要命的病所攻擊，且至少看起來好像沒有防禦能力；而在另一個例子裡則是來自外來的危險：那是被誇張的、永遠具危險性的，而且永遠必須與之搏鬥的危險。如果台灣把對岸視為敵人，將來大家就遭殃了，因為敵人就是要來攻打我們的，誰叫我們先把他們當敵人？

台灣目前走在一條發展道路上，我從來沒有主張台灣獨立或統一，只希望全世界都平安快樂，包括中國大陸在內。我絕對反對把對岸或任何人視為敵人，別人可以對我們不友善，但我們可以決定要怎麼對待他們。我想呼籲全台灣同胞發出善念，停止把任何人視為敵人，把這樣的心念散播出去，為自己的家及家鄉盡一份心力，不再恐懼不安，全世界每個人的子孫可以永遠平安幸福。一旦把別人視為敵人，等於在製造敵人吸引攻擊，對方也會把我們視為假想敵，那血流成河的戰爭就無法避免了。

癌症也是一樣，得到癌症的人全力預防復發，表示相信會復發才要全力預防。預防復發的假設基礎是一定會復發，本來可以不復發的，但是這種觀念深植人心，又看到周遭那麼多人復發，結果真的復發了。背後全都是信念作用，如此擔心復發，要是不復發反倒辜負了主人的期望。如果有個地區沒有癌症復發的觀念，得到癌症的人就會直接往生或活下來，不會復發。

疾病必須被攻擊、對抗、打擊、消滅。在許多方面，身體變得幾乎像是一個陌生的戰場，因為許多人對身體這麼缺乏信心，以致它變得好像極易染病。人於是好像在與自然抗衡。賽斯的話真是暮鼓晨鐘，敲醒了千千萬萬痛苦的心靈。我們會預防復發，背後的假設是不信任身體，相信癌症一定會復發，對癌症的信心比對身體健康的信心多一百倍，投很多票給癌症，身體沒有得到半張票，所以要趕快改變思考方向。

有些人把自己想作病人，就好比其他人也許把自己想作學生一樣，這種人就是那些會採取預防措施去對付任何時髦或當令疾病、而莫名其妙受到醫學不幸面衝擊的人。大家要開始建立對身體的信心，信任自己族類健康善良的意圖，相信他們善良，他們就會善良。

之前我到內陸旅遊，覺得他們都是很善良的人，所以一路上都有很好的經驗。像我在成都迷路，坐計程車跟司機說要去某一家旅館，後來發現我記錯旅館名字，他很熱心把我載到正確的地方。如果有個人去同一個地方觀光，把這群人想成沒水準又自私自利，一天到晚在騙人，那他就會從頭到尾都被騙，老是遇到愛欺騙和勢利眼的人。信念不一樣，經驗就截然不同，大家要儘快改變信念。

11-7

「架構一」每天的生活就像電視節目，任君選擇

（《個人與群體》第一一八頁倒數第四行）賽斯常舉魯柏和約瑟的生活事件為例。一九七七年，魯柏和約瑟買了一台彩色電視機，因此電視世界不再是黑白的，賽斯曾經在許多時候用電視來做比喻。電視不只事實上用為一種集體性的共同冥想方法，並且也展現給我們非常具細節性地製造出來的夢。

例如，我們在HBO頻道看到電影《ID4星際終結者》，外星人入侵地球的場景，本來只會在夢裡經驗到，所以就某個程度而言，電視節目是我們這個世界由人工製造出來的夢，以電視的方法播出夢實相，後來史帝芬史匹柏也把他的電影公司取名為「夢工廠」，那是人類實現夢想的地方，不管是好的或是恐懼的夢想。電影工業之所以這麼發達，一部分原因是我們比較難回憶起私人的夢，因此必須看很多電影、電視節目。電影本身是集體實相幻構出來的情節，有時候似乎取代了個人的夢境。

賽斯把我們這個具體經驗的世界稱為架構一，舉例來說，在「架構一」裡，我們看電

視節目，有許多頻道可以選擇，有心愛的節目，其實我們並不知道某個節目為什麼出現在螢光幕上。除非去看娛樂新聞，否則不會知道電視節目的拍攝過程和選角，只將技術人員會把其他工作完成視為當然。我們唯一要做的就是打開電視看節目。

每個電視節目的拍攝，都是許多工作人員的心血結晶，包括導演必須照應整個節目的製作，表演節目要準時完成，演員的角色要分配好，導演會知道哪個演員有空、哪個演員喜歡演英雄或壞蛋。另外，像是剪接、頻道買賣、天線架設等很多幕後工作要完成，這些背後的工作我們都不知道，只要輕輕一按選台鈕，每個頻道就在那兒了。如果不特別注意，我們也不會知道導演是誰，只知道一定有個導演拍攝了這段影片。

讓我們暫時想像具體事件是用同樣的方式發生，也就是我們選擇了出現在我們經驗螢幕上的那些事件。每天的日常生活就是一種電視節目，起床後從早到晚發生的所有事情，就像是打開電視螢幕收看的節目。我們活在立體電影院，每天早上眼睛一睜開，就進入了集體的立體電影放映，例如有些人一早收看孩子鬧脾氣不上學、先生去上班、出門買菜等節目。像大家參加讀書會，看到其他同學坐在教室，老師在講台上課，這也是一個節目，就是所謂的架構一。

架構二裡沒有決定的事件，醒時生活不會發生

我們對自己人生的事件相當熟悉，熟悉自己的配偶是誰、職業內容，當然我們就是自己主要的英雄或英雌、惡人或是受害者。就像在看節目之前，我們並不知道在電視攝影棚裡發生的事，因此，在體驗具體人生之前，也不知道在創造性的實相架構裡發生的事，我們將那個廣大「無意識的」精神性與宇宙性攝影棚稱為「架構二」。這就是架構二的定義。

每齣電視劇、電影都有拍攝場所，在攝影棚裡或是出外景，我們看到的電影都已剪輯、挑選過，而有些電影拍好了但沒有播出。人生也是如此，架構二是現實人生所有事件的拍攝場所，不論我們現在是醫生、律師、病人，或是娶到美嬌娘，這些都是劇情，在架構二有劇本，每天晚上事先拍攝好，我們醒過來後，選擇了某段影片。因此，醒時生活發生的一切看似剪接得很好，像電視節目一樣幾乎沒有任何空檔。

現實人生從架構二而來，可是我們醒過來體驗人生時，誤以為這是第一現場。其實一生的節目，都事先安排好劇情，找到了演員，在架構二拍攝好。充其量來說，飾演我們配偶的那個人只是演員，先在架構二應徵，我們從一排人當中最後選擇了這個人，於是在醒時生活與對方邂逅，結為連理。夢裡面架構二沒有決定的，在現實生活中絕不會發生，也就是說，未拍攝的影片不可能在電視上播出，就算是鬼片也有拍攝過程。現實生活中發生

的一切，一定先在架構二有導演、劇本、選角，這就是架構二的內在實相。架構一發生的事情，會在架構二事先安排拍攝好，如果能清楚架構二的整個結構，就可以全盤瞭解自己人生的過去現在未來，知道早上醒來後只是在按選台器，選擇每天想創造的生活及實相。

簡而言之，我們掌握人生的能力，就彷彿手上拿著神奇的遙控器一樣，有很多節目供我們選擇，可以隨時轉變悲哀的婚姻、脫離疾病貧困的處境，想轉到哪一台任君選擇。在人生道路上也是一樣，架構二早就準備好各式各樣的劇本，一定要記得遙控器在我們手上，每個按鈕代表不同的信念，端看我們的選擇。

第12講

12-1

所有內在事件都先在「架構二」精神性攝影棚拍攝好

（《個人與群體》第一二〇頁倒數第五行）在這本書裡，賽斯一直要告訴我們，螢幕後在進行些什麼，為我們展示自己每天選擇具體節目的方式，描寫這些個人選擇如何混合在一起而形成群體實相。賽斯解釋人生實相的本質及背後如何運作。

回到電視這個比喻，我們可以關掉一個討厭的節目，也可以選擇要不要收看一個膾炙人口的節目，電視給了我們一面社會的鏡子，在千千萬萬的家庭裡，聲光相映地把最隱密的個人巨大夢想與恐懼、希望與恐怖反映出來。電視有實況報導的作用，就像我們的夢也是。

電視與我們的生活互相影響，可是並沒有造成我們的生活，由於很多人對科技的偉大信心，導致許多父母擔心電視造成了暴力、對唯物主義的喜愛，或是造成了「道德的放蕩」。父母怕孩子看暴力節目後變得很暴力，受到電視的價值觀誤導，或模仿一些影片裡不負責任的男女戀愛。

但是電視只是反映，以一種說法，它甚至不會扭曲，雖然也許反映了扭曲。電視演員和製作人不是領導者，也不是追隨者，而是創造性的反映者，敏銳地覺察當代整體、普遍化的情感與心靈模式。電視製作人、演員或主持人，最能反映出當代人的潮流，不受歡迎立刻遭到淘汰。因此，到底是觀眾影響節目？還是節目影響觀眾？電視只是創造性的反映者，不能主導我們的生活，而是我們把生活的主導權交給了它。很多家長會怪電視把孩子教壞了，誤導孩子的價值觀，其實電視只是反映扭曲而已，不會造成真正的危害。

每個演員對自己要參與的戲也做了選擇，每個人都有自己喜歡的角色。我們透過報紙和雜誌得知有哪些正在上演的戲劇、新聞或其他節目，以同樣的方式，我們也得知正在自己國家及全世界具體演出的「節目」，決定要參與這些冒險中的哪一個，於是會在正常生活或「架構一」裡經驗到它。

請大家先拋開世俗的觀念，我舉例說明實相形成的過程。在夢裡我們會事先知道什麼節目要上演，比如說，某甲得知有個駕駛人將在下午三點違規右轉，他最近心情不好，為生活瑣事煩心不已，決定在夢境裡成為受害者，但是想當受害者被車撞的人很多，他必須競標才能得到這個角色。在夢裡得標後，他一早醒來忘了這一切，直到下午三點過馬路時，被那輛違規右轉的車撞上了，他不知道這場車禍是自己在夢裡先應徵了這個角色才會發生，這就是實相的本質，和平常的觀念很不一樣。

我們創造了自己的實相，內心雖然不知道，卻可以從日常生活中找出蛛絲馬跡。像是有個太太最近常和先生吵架，心想：「我做這麼多，他都不懂得感謝我，一定要給他一點教訓，讓他知道沒有人煮三餐、照顧他，日子多難過。」她心裡忿恨不平，於是在下午三點經過那個轉角。

這些都是潛意識的動機，事情發生時當事人並沒有知覺到，每個節目發生前，都是自己在架構二自願參與演出。同樣的邏輯，在空難中喪生的人都不是意外的受害者，全是競標得來的。在夢的攝影棚，集體的因緣走到那裡，導演說：「下午三點某航空公司有一架飛機要墜機，想應徵的人請排隊。」每個罹難者都因自己的理由參與其中，有些人覺得這輩子活得差不多了，與其日子過不下去，不如死亡以得到一筆保險金，至少讓子孫有未來；有些人則是覺得理想無法實現，前途無望，趁機離開人間。

接著大家開始競標，看誰最符合條件，就做上記號，並不是死神做的記號，而是出於當事人的意願。於是第二天，這些人自然而然坐上那班飛機。可是如果競標失敗，就會在飛機起飛前，不小心跌倒而上不了飛機。一切都注定好了，但不是大家原本以為的逃過一劫，而是在架構二創造的。

由此可知，我們這個世界發生的大小事情，所有人事先都知道，而且主動應徵角色。夢裡的導演安排每個細節，環環相扣。例如下午三點那輛車要違規右轉，某甲剛好往右看，沒有往左看，於是撞上了，如果他沒有應徵這個角色或是劇情改變，他看到車子來了會馬上跳開。

如果每個人知道自己在架構二裡的安排，整個命運會完全改變。沒有人能違背另一個人的意願，強行把命運加諸於別人身上。開始學賽斯心法後，會進到這麼深的境界，只會成為創造者，這就是群體事件的本質。

發生在我們經驗之前的那些內在運作，就像前面提到的，導演、加害人、受害人、縱火犯等，那些內在事件統統發生在「架構二」廣大的精神性攝影棚裡。在那兒，所有的細節將安排好，舉例而言，看起來好像是偶然的邂逅，逛街突然遇到一個人，其實不是偶然，在夢的攝影棚裡早就已經約好了，導演說這兩個角色走到這個位置，四目相交，剛好看到了，根本不是巧合。假設導演說其中一方要向右轉，往另一邊看過去，錯失了那一眼，就不會偶遇了。

在一個具體事件發生之前，所有必須發生的巧合統統無法解釋。一切內在的東西都先在架構二精神性攝影棚安排好，是精心策劃的結果。以電視劇「大長今」為例，得先有個女演員去應徵拍戲，導演規劃每個細節動作，人生也是如此。

●佛學的觀點說，我們是在人世間裡的男女主角，被因緣業障所牽引。但賽斯思想的偉大之處，在於讓我們看到自己是三次元空間的演員，也是架構二裡的男女主角、劇作家、影評人和導演。我們不只是演員，也編排和導演自己的人生，因緣業障都由我們自己設計，這和佛學有天壤之別。如果只以為自己是演員，只好乖乖照著劇本演，但是如果知道自己身兼導演，演到一半發現很痛苦，不想再演下去，就可以修改劇本，整個命運截然不同。每個人都要開始覺悟到架構二的存在，所有劇本的藍圖都在那裡。

12-2

為了我們的利益，「架構二」幫忙照顧身體內在運作

（《個人與群體》第一二二頁第三行）在有意識的層面，並且只用我們有意識的「儲備」，無法維持身體活上一小時，也不會知道如何去做，因為我們的生命自動且自發地流過我們。如果把存活只交給有意識的自己，絕對活不過一小時，我們不知道如何呼吸、排泄、讓神經傳遞、分泌口水、製造尿液和荷爾蒙，無法同時兼顧煮菜和讓心臟跳，一專心煮菜心臟就不跳了，一專注讓心臟跳，就忘記怎麼煮菜了。這些運作都由身體意識幫忙照顧，只要全然信任即可。

我們把那些細節視為當然，呼吸、營養與排泄的內在運作、循環以及保持心理上的連續性，統統在「架構二」替我們照顧好了。這就是我們一直講的宗教情操、恩寵的狀態，賽斯不提宗教，講的是恩寵與信任。我們有內我、身體意識，不用擔心鼻孔哪一邊大、哪一邊小，一切都在架構二照顧好了。

無疑的，在那方面每件事都為了我們的利益在運作。常常當我們變得對身體健康越關

切時，它的運作就越不順利。在身體運作的自發性裡，很顯然地，有一種微妙的秩序感。越把注意力放在呼吸，越覺得呼吸不自然，越在意反而越扯它後腿，越追求健康的人越容易生病。

我們先天就很健康，不需要特別追求，嬰兒沒有健康知識，卻很健康，具備更多健康知識的人不見得更健康。說實話，目前社會最不健康的是醫生和護士，他們自以為對健康懂得很多，但他們只懂健康知識，不懂自發性，不瞭解身體運作背後的神奇過程。醫護人員的信念是身體很脆弱，容易生病，無法真的信任身體的完整性，所以健康狀態比一般民眾差。假設SARS病毒來的時候，越瞭解醫學治不好SARS的人，往往會出於恐懼感到無力，結果死得越快，不怕的人反倒不會死。

我們一再強調，身體天生具備抵抗所有病毒和細菌的能力，賽斯的觀念和以往的觀念天差地遠。可是我們現在學的並不是要否定醫學，而是要超越，因為我們不只瞭解醫學知識，更知道身體神奇的運作能力，這正是醫學界還不知道的。

在夢境裡，會基於每個人的意圖上演不同的戲碼

當我們打開電視，畫面好像不知道從什麼地方跑到螢幕上，但那個畫面卻是精密集中

焦點的秩序之結果。演員造訪選派角色的經紀公司，因此知道有哪些戲劇需要他們的服務。比如說，有齣戲要拍攝，每個演員去爭取，有人想演反派，有人想演一天到晚被欺負的苦旦，也有人想演死於火災的救火隊隊長。同理，日常生活發生的一切都是這樣來的。

常有同學問我：「會有人選擇死於災難的角色嗎？」我就會反問：「在電影裡，有沒有人會選擇飾演死於火災的男主角？他瘋了嗎？為什麼會想扮演那個角色？因為他知道人生如夢。」

內我知道人生是來體驗的，對內我而言，我們是來人間演出的演員。會不會有人選擇三更半夜被車撞死、支離破碎呢？會。如果不會，電視就不會有這種劇情。曾有個憂鬱症病人跟我說，病發時，滿腦子都在想如何被車撞死，每天半夜到街上散步，很想走到馬路中間，又沒有勇氣。很多人內在都有負面黑暗的念頭，只是自己沒有覺察到。像有些女人會覺得：「有這種婚姻、這種老公，不如去死算了。」這就是內在未覺察的信念。

● 人生所有的意外、災難，都與內在的悲觀、痛苦脫離不了關係。命運很公平，沒有人害我們，實相一定是自己創造的，這叫做直下承擔，就是智慧。願意開啟此智慧寶藏的人有福了，將可跳脫一切自以為是的狹隘觀念，了悟何謂智慧、直下承擔和創造實相，拿回屬於自己的力量。所有人都由神性而來，這是身為神的傳人本就具備的天然資產。

在夢境，我們常常使自己熟悉那些具有某種可能性的戲劇。每晚在夢實相的公佈欄上，每個人都知道世界各地有哪些戲碼等著上演，像是捷運崩塌、淹大水等。在內在世界裡，我們可以慢慢熟悉所有可能性的戲劇。

在夢境裡，也就是架構二當中，基於大家的信念、意圖、欲望，如果有人對某個戲劇顯出足夠的興趣，如果足夠的演員申請演出，累積了足夠的資源，那齣戲就會演出。舉個例子，假設很多媽媽擔心孩子出意外，對意外這齣戲顯出足夠的興趣，則孩子在街上發生意外這齣戲就會申請演出。

眾人的心念就是以前佛教講的業力牽引，我們的業力讓某件事發生，可是讀了賽斯資料後，會知道這是自己的業力，是慣性和恐懼、擔心。我常講，心念沒有好與壞，只有強度，如果不希望一件事發生，為什麼要如此擔心？會擔心它發生，是因為我們認為有可能發生，於是進入夢境調查每個人的意願，看誰自願參與，而後事件才會隨之發生。如果意識上不要它發生，為什麼一天到晚去想？想要疾病痊癒，何必整天愁容滿面，擔心活不下去？自相矛盾啊！

當我們不在正常的意識狀態，也就是進入夢境或架構二，會拜訪那些具創造性的內在經紀公司，而所有具體的製作都必須在其中開始，我們與別人會面，那些人為了自己的理由也對同類戲劇有興趣。像是墜機、讀書會等集體事件的發生，每個參與這齣戲的人都有其個別的理由。

隨著這個比喻，那些技術人員、演員、作家全都集合在一起，只不過在這個例子，其結果將是一個活的事件。活的事件是指每天早上眼睛睜開，生活中發生的事件。比如說，有位學員在夢中的架構二先遇到了我，舉手報名要參加賽斯課，他內在先做好準備，所以內心的聲音驅使他到書局看到我的書，而後決定參加團療和賽斯課程。由於那時的他萬念俱灰，但是一直有個信念：「天無絕人之路，我不相信沒有路可以走。」這股信念讓他先在夢的宇宙搜尋到了，應徵參與演出，希望找出一條路改寫他的人生劇本。我們一直都在創造實相，可是並不自知。

以剛才的比喻，結果就是每天遭遇到「活的事件」，而非一個播出的節目。其中有正在計劃中的災難片、教育節目、宗教劇，所有這些都將以十分成熟的面目出現在物質世界裡。其實台灣或世界未來十年內會發生的事情，統統準備好了。如果有辦法到架構二，就可以知道每件事，即使如此，那些都仍然是未定論，可以臨時抽換節目和男女主角，本來要播災難片也可以換成喜劇片。

每個人未來的十年都安排好了，節目已經預備好，但是命運如何發生，仍由自己決定。

那些安排不是注定，只是可能性。如果對整個身心靈的瞭解到這個程度，學到的早就超越了現今世界很多東西，很少有思想能講得如此透徹，體會到這麼深的境界。

12-3

事件的發生都是個人信念之結果，沒有「不期而遇」

（《個人與群體》第一二三頁第五行）這種事件的發生是個人信念、欲望與意圖之結果，沒有「不期而遇」這回事。我們不相信的事情絕不會發生，就算發生了也視而不見。我常舉個例子，如果人類相信無法登陸月球，還會進行登月計畫嗎？不會。不相信的事根本不會計畫。

絕對沒有不期而遇，沒有巧合，別人無法把命運強加在我們身上。如果有個太太說：「老公每天虐待我，這不是我安排的，也不是我創造的。」很抱歉，當初是誰選擇這個老公？有沒有辦法當下結束這段婚姻？有。可以拿刀把對方砍死，或是自己從二十三樓跳下去，我說的是有辦法結束婚姻，沒有說不會坐牢，她的厄運還沒有結束。我也常講，以後醫治腦瘤最好的辦法，就是把腦袋砍掉，人死掉而已，腦瘤一定好，我的說法很誇張，不過重點是告訴大家，沒有無能為力、無計可施這種事，而是要不要？敢不敢？

上述的例子稍微誇張些，但是這個太太創造出一個虐待和控制人的老公，其實是她比他更厲害。我們創造出我們的恐懼，所以我們比恐懼還有力量，我們才是創造者。像電視劇「阿信」裡的女主角被虐待，痛苦無力逃脫，日子過得很悲慘，但別忘了，當初是誰去應徵這個角色？

有時候我們忘記自己是演員，不高興隨時都可以跟導演喊卡，不再演出這齣戲，告訴導演：「我反悔了，我不要演癌症病人，我要改變。」我們入戲太深，已經忘了如何改變命運，也忘了自己除了演員之外，還有其他身分。比如說，我們不會去跟飾演「大長今」的演員李英愛說：「妳的醫術很好，請開藥給我吃。」我們知道這是戲，不會搞混。可是一般人活在世間，這齣戲太栩栩如生，沒有體會到人生就是一場戲。因此，賽斯資料要讓大家當下開悟解脫，瞭解自己不只是演員。

沒有任何死亡或任何出生是偶然發生的。一個沒有準備好要死的人不會死，導演不會讓他死，就算死了，那一段都會剪掉。我們要看透整個宇宙的奧妙，才不會陷入痛苦絕望。

架構二懷著愛心的意圖，把每個人的最佳目的放在心裡

在「架構二」的創造氛圍裡，每個意圖都為人所知。以一種說法，沒有一個行為是隱私的。在心電感應的層面，我們的一切全世界每個人都知道，沒有任何事是私密的。

我們的傳播系統把全世界發生之事帶到我們的客廳來。我們在台灣可以看到阿富汗、美國的新聞。同樣的，我們的內在有個更偉大的內在傳播系統，而每一個精神行為都被印在「架構二」的多次元螢幕上，那個螢幕是所有人都能看到的。在內在世界裡，每個人都知道明天全世界要發生什麼事。

而在其他的意識層面，尤其在睡眠和做夢階段，那個內在實相事件就與我們醒時的具體事件一樣永遠存在，且很容易接觸得到。內在世界發生的一切，遠比我們醒時世界發生的更多。在醒時，一個時間只能發生一件事，內在世界不一樣，一個時間可以同時發生一百件事。

就好像「架構二」包含了無限的資訊服務，它即刻讓我們與所要的任何知識接觸，並且與別人之間建立電路網，它以令人目眩的速度計算可能性。每個人都知道所有的一切，比如說，某甲最近很缺錢，想要被車撞以得到一大筆保險金和賠償，他會知道下午三點誰將違規右轉，而且無意識地在架構二選一台賓士，被撞之後如願以償，而不會選一個窮光蛋。

可是如果我們的意圖和信念產生矛盾，宇宙就會給我們非牛非馬的四不像。很多人想要孝順，又心不甘情不願；想要和先生好好相處，又不高興；想對孩子付出很多，又有顧忌；想要努力工作，對於得到的回報又不平衡。中間有太多的矛盾，因此，多數人的人生都是四不像。訂做什麼，宇宙就給我們什麼，絕對不會打折扣。

架構二包含了無限的資訊，然而，架構二卻不是一個電腦不具人格性的存在，而是把我們和其他每個人的最佳目的放在心裡，「懷著愛心的意圖」去那樣做。架構二並不是非人性的電腦，而是充滿了愛心，考量了所有人的最佳利益。我一直講，負面信念會比較慢實現，讓我們有機會後悔。老實說，根本沒有一個人類形象的上帝，就是架構二，它無所不能，懷著愛心的意圖，我們要什麼就給什麼。

我們無法在對別人不利的情況下獲得我們要的東西。無法用「架構二」去把一件事強加在另一個人身上。我們可以創造自己的命運，可是不能強求別人怎麼做。我們得明白，在能具體經驗一個渴望的結果之前，有些先決條件必須要符合。也就是說，縱使明白所有架構二的知識，只能用來作為利己利人的用途，從沒有一個開悟者因為明白宇宙的智慧，得到了架構二的力量，然後用來傷害人。架構二懷著愛心的目的，不容許強迫別人的行為。這是賽斯的生命觀點。

我希望大家看了架構二這部分，要不斷思索：「我是誰？演出我人生角色的那個人是誰？」很多宗教的參話頭都在問「我是誰」，現在我們知道自己是扮演某個角色的人，但我們不只是演員，就像李英愛不只是大長今，大長今是她演出的角色，她是李英愛。

我們的肉體就是戲服，我們的命運就是人生的腳本。我是來演出我人生角色的那個人，想演什麼就可以轉變角色。我開過一個玩笑，假設有個女生想當女國父，一定要有人配合，如果到了內在經紀人選角中心，只有她想演，其他人不想看，戲劇也無法上演。這是群體事件的結果，不光是個人的決定。

懷抱簡單而深厚的信心

（《個人與群體》第一二五頁最後一行）我有那簡單、深厚的信心，相信任何我在此生渴望的每件事，都能從「架構二」降臨到我身上。架構二可以創造性的產生我在「架構一」裡想要的每件事，我絕佳的健康、創造力、繪畫與寫作、我與周遭的人極好的關係，我知道所有這些積極的目標都會在「架構二」裡完成，不論它們看起來多複雜，所有這些東西都會在「架構一」裡顯現出來。我不必擔心任何一個細節，知道「架構二」擁有無限的創造力去處理和產生我希望它發生的事。我所需要的，只不過是對「架構二」創造性的「善」具有簡單而深厚的信心。

這段是約瑟寫的祈禱文，內容是他如何應用架構二來改善人生。所有發生在我們身上的事，不但是自己創造的，而且周遭的人全都同意才會發生。我希望各位把對架構二的認識，用自己的話寫出一篇「新時代的心經」。我們的存在必須仰賴架構二，就像每個演員都要仰賴導演、攝影棚才能有出色的表現。對架構二要有簡單而深厚的信心，毫無懷疑，一旦懷疑了，它就會給我們四不像的東西。

12-4

在「架構二」裡，人的情感與自然認同

（《個人與群體》第一三〇頁倒數第四行）第三章的標題是神話與具體事件。社會所依存的內在媒介。這一章解釋架構二的內在部分，討論人在群體事件中的個人角色之前，必須探究事件在其中顯得堅固與真實的媒介。要瞭解自然事件現象之偉大影響，必須探究對我們而言並不明顯的那部分實相。因此，我們想要檢查自然現象的內在力量。

天災、暴風雨、晴天等自然現象都有內在的力量，如果我們希望感到自在，就要瞭解宇宙、人生或大自然內在更深的架構。例如台灣最近天氣變化很大，下大雨、淹水、走山，而未來整個世界和台灣的局勢會如何？一切背後的關鍵在哪裡？

一個探查自然的科學家只研究它的外在，觀察自然的外表，甚至研究原子與分子，或快於光速之粒子的調查工作，也關心實相的「粒子本質」。科學家通常不會去找尋大自然的心，也不會去追求對大自然靈魂的研究。天災人禍要傳達一個簡單的觀念──大地是活的，還沒有走山之前，大家不知道山是活的，土地是活的，大地有靈魂、意識，有土地公。

人類驕傲的自我從未用心瞭解大自然，沒有貼近大自然的靈魂，以為有了進步的科學就可以控制大自然，根本不可能，因為大自然的力量就是我們內在靈魂的力量。

萬物都是能量的表現。能量醫學說很多東西都是能量，但沒有說能量是情感性的顯現，能量其實是愛。架構二就是愛的表現，整個宇宙是因愛的能量而存在。人能以氣壓與氣流的方式詮釋天氣，看斷層線來瞭解地震，到某個程度，這些都是有用的。可是，人的心靈在情感上不只是物理環境的一部分，也與所有大自然化現的現象密切相連。人心就是天氣，越浮動不安，天氣的變化就越劇烈。

例如民國九十三年九月的海馬颱風，幾乎是在台灣上空形成，台灣人民的情感和鬱卒能量如此強烈，竟然讓颱風直接形成。整個時代在變，越來越不可預測，很多過去符合理性、現實感的事不會發生，反而是另類、非主流、如孩子遊戲般的東西會顯現出來，很有趣！內在底層潛意識和無意識的東西會翻上來，就像地牛翻身，我們的意識板塊和頭腦也要翻身。如果沒有學好這些東西，會因內在浮現出來的東西慌亂不安，陷入很大的痛苦。

人在情感上與自然的認同，在「架構二」裡則是被強烈感受到的實相。意思是我們在架構二時，知道人與大自然一體，我們的情感能量越強，暴風雨的能量就越強；情緒越壓抑，輕度颱風就會變成強烈颱風。人開始認識自己本來的面目，人與地震、颱風都是一體的。

在「架構二」裡，心靈的本質十分清楚地顯現，其範圍和節奏能被瞭解。物質能量的顯現追隨著情感上的節奏，任何科學儀器都偵測不到。科技只是心靈的玩具，我一直講，不論科技多進步，絕對醫不好癌症，因為癌症由心靈上的風暴形成，再進步的科技也無濟於事，而是要開始瞭解內在心靈的能量，有意識地導引它。

為什麼一個人被殺死而另一個人能倖免？為什麼兩顆子彈打過去會當選總統？如果有人問我：「許醫師，三一九槍擊事件是誰安排的？」我會回答：「那是全體台灣人民共同選擇的結果，那時台灣人認為在這個時機當中，由某個人當選比較好，在潛意識層面全世界每個人都參與了。」就像當初甘迺迪總統被暗殺，是全美國人民進到架構二當中票選的結果，當然甘迺迪本人也同意。集體事件都是所有人共同安排的結果，沒有人能自導自演。只有以如此開闊的心態才能瞭解何謂共業和集體實相。

為什麼一次地震瓦解了一整個區域？無一倖存，一切其來有自。個人與這種自然群體事件之間的關係是什麼？在開始考慮這種問題之前，我們必須再看看自己的世界，確定它的源頭與自然的源頭是同一個。賽斯這本書根本是寫給現代人看的，讀了這本書，才會對將來發生的捷運崩塌、淹水、龍捲風等事件釋然。

12-5

一切的事實都隨著神話和想像力而誕生

（《個人與群體》第一三二頁第七行）這個世界的概念、幻想或神話，看起來好像與每個人目前的經驗距離非常遙遠，但是所有我們知道或經驗的，其源頭都在賽斯稱為「架構二」的創造性存在次元裡。我們這個世界發生的每件事，都先在架構二編出戲碼，集體拍攝出來，這個世界的源頭在架構二。

以某種說法，我們的世界是由一個幻想、神話與想像力的溫床裡升起的。所有的文明都來自神話，因為神話是在架構二運作的東西。所有完備的裝備都從其中浮現。那麼，神話是什麼？神話並非對事實的扭曲，卻是事實必須由之而來的子宮。所有的事實都是由神話生出來的，我們的日常生活都出自於內在的幻想、意圖和信念。很多子宮出問題的女人，往往受困於現實生活中，被媽媽、女兒、太太、女人等角色所捆綁，無法發揮生命的創造力，於是長子宮肌瘤、得到子宮內膜癌或子宮肌腺癌，這些框架都是自我設限的結果。

神話涉及了人類對實相本質上的瞭解，以想像的措辭來表達；它帶著與自然本身一樣強大的力量。像盤古開天的神話故事，他的雙眼變成太陽和月亮，身上的毛髮變成森林，肉體成為大地。聽起來似乎很不科學，科學說宇宙的起源是大爆炸，星雲形成。不過，我認為，盤古開天的神話比較科學，至少讓我們瞭解大地是活的、是有意識的，科學說宇宙沒有意識反而比較不正確。我們要知道任何神話背後的根源，最早的科學是神話，神話有時候比科學還要接近科學，所以藝術家的頭腦比科學家更清楚，很多科學家最後變成了科學怪人。

如果這個世界近期內會毀滅，會毀在誰的手裡？科學家，他們發明了核子飛彈和許多殺人武器。在電影《蜘蛛人2》裡，要毀掉地球的就是八爪博士。到底科學幫我們更瞭解這個世界？還是毀掉這個世界？如果科學真的瞭解宇宙，應該幫我們活得更豐富、更有愛心、更幸福。雖然目前科技發達，擁有很大的力量，但是科學已經失去了愛心、與宇宙間愛的認同、對大自然的認同。科學所勾勒出來的生命和宇宙起源不見得是對的。

「神話的形成」是自然的心靈特性，一種心靈成分與其他成分組合在一起，來形成對內在實相的神話性表達。其實文明是由神話來的，當我們建立了文明的內在假設，那個神話就形成了。當然，我們接受神話時，把神話稱為事實，因為神話變成了我們的生活、社會及職業的一部分。神話是大型的心靈劇，比事實還更真實，提供了一個永不落幕的實相舞台。

現實世界由架構二浮現出來，架構二是神話的巨大舞台，也是所有信念、思想、幻想的發源地。科學大部分先來自於科幻小說，沒有科幻小說、沒有想像力，就不會有科學，例如器官移植起源於《科學怪人》這部小說，科學家去墳墓挖出屍塊，拼在一起變成科學怪人。把死者的心臟挖出來，放到另一個人身上，不就是器官移植的前身嗎？複製人的概念最早也是從科幻小說開始。

人的想像力先出來，事實隨後發生。假如一個少女從沒有想過要結婚，就算她遇到一個男人也不會跟他結婚。一定要先有夢想和計畫，人生事件才會發生。如果沒有喝咖啡的念頭，不會去泡咖啡；如果沒有成為品酒專家的念頭，不會去研究品酒。

●一切的事實都是跟著神話、念頭、想像力。想像力越豐富的人，只要採取行動，人生一定越豐富。生命的貧瘠都是由於想像力枯竭了，只要心靈豐富，想像力的翅膀會強而有力。以我為例，我和別人的差別在於，我知道自己是要來宣揚賽斯心法，就會朝那個方向努力，如果斷了這個念頭，連做都不會去做，哀莫大於心死就是這個意思，心死了，什麼事都不可能發生。由此可知，神話是所有事實的根源，是大型的心靈劇。

第13講

13-1

神話是由人的心靈中升起的自然現象

（《個人與群體》第一三三頁第四行）那些事件耐久的實相存在於「架構二」裡，而形成隨後在我們世界裡被詮釋的模式。架構二是神話和白日夢的世界，充滿幻想及想像力，卻又井井有條，不會遺漏任何東西。

如果有人陷於一場天災，可能會提出以下的問題：「我是不是被上帝懲罰？理由又是什麼？這場災禍是不是上帝對我的報復？」反之，一位科學家可能會問：「如果有比較好的科技與資訊，我們是否可能預知災害而救了許多條命？」科學家會問：「如果科技更發達，可不可以改變這場災難？」地震專家會說：「我們能不能預知地震？」颱風專家會說：「我們來預測颱風，利用科技讓颱風轉到別的地方。」不同的領域會問不同的問題。

科學家也許會試著不讓自己受情緒所影響，而只把這場災難看做與個人無關的大自然現象，而這個天災既不知道、也不關心所經之路會掃過什麼。比如說，為什麼某個颱風會掃過北台灣，而不是南台灣？科學家不會管這件事，只會說這是大自然的現象，是機率問題，一切都與情感無關。地震為什麼會發生在台中？科學家會說台中是地震帶，可是台灣很多地方都是地震帶，為什麼偏偏是台中？講到最後就不了了之。

在所有例子裡，這種情形立刻使我們想到一些問題：人自己的實相與方向。他與上帝的關係、他的星球以及宇宙本身。人按照自己的信念來詮釋那些問題。可是現在人類並沒有找到答案。神話是自然現象，由人的心靈中升起，就如同巨大的山脈由物質星球浮出來一樣。可是，神話更深的實相存在於「架構二」裡，而成為我們所知世界的原料。人的幻想、情緒就與颱風地震一樣是自然現象，所以我們自然而然會有想像力、會生氣，人會發脾氣就像天會颳風下雨一樣，都是自然現象。這兩者有內在的根源。

宗教與科學的本質都來自於神話

我們文明之偉大宗教乃由神話升起。我們比較不直接看到我們的神話，但是神話在所有的活動裡都很明顯，形成了我們的文明之內在結構。基督教及其他宗教都是神話，其升起是因為那太廣大而無法只以事實涵蓋的一種內在知識。所有宗教都起源於內在的知識和神話。

科學的本質也是來自神話，這一點有些人可能很難看出來，因為科學看起來很理所當然。科學屬於架構一，神話存在於架構二，任何架構一的東西都由架構二而來。科學其實也是另一種宗教，如果查《大英百科全書》，科學這兩個字的定義是「人類瞭解這個世界和宇宙的角度與方法之一」，科學是一種方法論，不是本質論。

但是我們的教育都把科學和醫學當作權威，失去了瞭解疾病和世界的其他角度。如果把醫學對疾病的解釋奉為圭臬，一旦醫學說無藥可醫，人的信心就蕩然無存，無路可走了。全然信任科學與醫學，就像三百年前的人認為到廟裡拜神，喝符水病就會好，其迷信程度一模一樣，並沒有更先進，而且更傷身體，因為喝符水頂多拉肚子，現在做化療、放療，有很多副作用。因此，科學只是瞭解實相的方法之一，不是全部的答案，我們要開始創造自己的實相。

賽斯在《個人與群體事件的本質》第二部，會處理我們所瞭解的自然事件。對有些人可能很明顯，天災是上帝報復所引起的。很多人對這一點還是深信不疑，認為台灣多災多難是對政府的懲罰、或政府無能的結果。吃素的人則說天災是所有人吃肉的業障。

如果災難是上帝的報復所引起的，至少是叫人悔過的一個神聖提醒。上帝愛人類，天災只是懲罰，要人悔過認罪。其他人會理所當然的認為，這種災禍在特性上完全是中立的、非人格的，而與人類自己的情感實相分隔得相當遠。信基督教的科學家夾在兩者之間。如果人把自己與大自然分開，就無法瞭解大自然化現的現象。

科學的精神是「客觀」，認為人得到的病和他的悲哀沒有關係，是生病才悲哀，不是因為悲哀才生病，醫學界不會把主觀情感和疾病劃上等號。科學最大的問題是把人的情感剝離，要做實驗、要量化，不能量化的不予考慮。其實大自然的心就是人集體的心念，個人的健康狀態也是自己心念的結果，但科學從來不承認這些東西。

13-2

心靈創造神話，神話創造事實

（《個人與群體》第一三五頁第二行）一旦我們開始把神話與事實世界綁得太緊，就完全誤解了神話，當神話變得最像事實，它們就已經變得比較不真實了。神話的力量變得受抑制了。越想把人生變得實用的人，越適得其反；越用功利角度看待婚姻，失敗得越快；給孩子喝什麼牌奶粉，並不是為了他長大後要給父母多少養老金。越用實事求是的態度計算、是非分明、只注重表象，就會很痛苦，而神話也是一樣。

大多數的人都把人生的真實面、勝利與失敗、健康或疾病、幸運與不幸，以一個神話實相的方式來加以詮釋，卻又沒有瞭解到它是神話性的，也沒有瞭解到神話的背後是什麼？而它們力量的泉源又是什麼？這段話意義深遠，不容易理解。神話是指幻想、想像力，就像白日夢一樣，所謂神話性的詮釋，意思是它不是事實。

賽斯認為神話是事實的來源，但我們常常把神話當作事實，把事實當作神話。比如說科學是神話，可是我們沒有認出來；而神話是科學，我們也不知道。例如基督徒會把災難認為是上帝降臨在人間，卻忘記了這是神話；而科學家把科學當作事實，卻忘記了科學也是神話。

我們常常用神話實相的方式來解釋事情，又不瞭解它是神話。舉例來說，有個太太認為婚姻痛苦是事實，可是她不知道這是一個信念。我常常講，人生是苦到底是事實還是信念？信念就是神話，如果把人生是苦視為事實就麻煩了。人生是苦不是事實，而是神話。以舌癌患者為例，舌癌不是事實，是神話，是神話就可以改變，如果是事實則無法改變。這個世界沒有事實，只有信念，任何事實都來自於個人的神話和起心動念創造出來的，我們的生命如夢似幻，這一生也來自於個人的神話。

「事實」是一種非常方便卻淡而無味的實相。它們立刻把某種經驗分派為真或假。可是，心靈不能接受這種限制，心靈存在於實相媒介裡，一種存在領域，在其中所有的可能性都存在。心靈不能接受事實，事實已經受到限制，心靈充滿著隨時能任意創造的可能性。

比如說，有人把得到憂鬱症當成事實，一旦把任何事當成事實就會陷入困境。很多人問我：「要如何幫助憂鬱症病人？」我都會回答：「你無法幫助一個憂鬱症病人，可是你能幫助一個人。」如果把某甲得到憂鬱症當作事實，就等於給他貼標籤，不可能幫助這個事實。我們應該要幫助「一個人」，而不是幫助「得到憂鬱症的人」，兩者大不相同。

事實很方便溝通，但這種溝通最粗略。就像兩個醫學權威在討論肺癌或最新的科學實驗，即使內容很精闢，卻毫無意義，因為他們不是在討論人，而是討論癌症。大家都在討論事實，但事實是從人心而來，醫生是要醫「人」，沒辦法醫「病」。得到癌症是神話，是由信念而來，是可以改變的東西，但不是事實，得到癌症的人可以變成沒有得到癌症的人，癌症只是心靈的玩具。心靈不能接受貼標籤，不能接受實事求是，它是所有事實的發源地。

心靈會創造神話，神話會創造事實，就像海洋會創造浪花一般。一開始神話具有如此力量與威力的心靈虛構，以至於整個文明能由神話的源頭升起。整個道教來自於神話，玉皇大帝也是神話人物。道家把架構二的主人叫做玉皇大帝，佛家把架構二的主人叫做阿彌陀佛，基督教把架構二的主人叫做上帝，整個天庭的設計說穿了就是架構二。

神話涉及了象徵，而且知道情感的有效性，然後這些象徵和情感再與物質世界相連起來，使得那個世界再也不一樣了。大家要深入內心找自己的神話，到底對婚姻和人生的神話是什麼？對未來生活的神話是什麼？如果找到這個神話，人生就可以翻轉。不要老是只看到自己小學畢業、專業知識不足、生病等事實，根本沒有事實，事實都是從神話來的。

13-3

每個人都能與自己的心靈圖書館相通

（《個人與群體》第一三九頁第二行）我們這個世界是物質世界，叫做架構一，也就是科學家從地球望遠鏡往外看出去的整個宇宙；這個世界所來自的內在精神世界叫做架構二。這裡賽斯第一次提到架構三，架構三已經徹底離開了我們的系統。

賽斯他說不知道該如何措辭來解釋，但以某種說法，他旅遊各地——不過，是遊經心理的實相或心靈的領域，這種旅遊「不花時間」。他旅行的地方是在意識彼此融合的區域。這個區域比潛意識還深，甚至是無意識和另一個無意識之間的交界，也就是每個大千世界的交界。

賽斯已經到達非常高的境界，但是他仍然不斷成長、擴展與發展。記得魯柏有個心靈圖書館的經驗嗎？魯柏本身也是開悟者，有時候他會覺察到自己在另一個精神世界，其中有各式各樣的書。假設他想瞭解恐龍時代，就有一個無形的魯柏出現在心靈世界的圖書館，這個心靈圖書館可比喻成阿西卡記錄，在神秘教派的傳說裡，阿西卡記錄包含了地球過去、現在與未來的所有資料。

我一直在教大家，每個人都有一個內我，一旦能通達自己的內我，就可以得到所有的資訊。比如說，有位學員遭遇先生的外遇事件，這件事在她的內我會有解答；或是有個同學生病了，他的內我也完全知道如何痊癒。

魯柏可以通達個人的心靈圖書館，已經到無所不知的境界。心靈圖書館裡應有盡有，任何我們想知道的答案都在那兒，像是國父孫中山先生是否再來投胎，或是現在全世界有幾個人是孫中山再來投胎的人，這些資料在心靈圖書館裡都有記錄。如果想知道這一世結束後，下輩子會投胎當什麼人，都查得到。

有些人去問通靈者前世今生，通靈者會到自己的心靈圖書館調資料。因此，任何有神通的人，都是通達到自己的心靈圖書館，裡面有未來和轉世的訊息，能提供生命重要的解答。但是不要把它想得很奧祕，每個人現在都能與自己的心靈圖書館相通，可以調資料，只是我們發展的程度還不夠，因此潛意識知道這件事，有意識的頭腦尚未覺察到。

賽斯又比魯柏更上一層樓，可以旅行到偉大的心智大學。資訊與知識經常在轉化。每個人體會到真理或知識時，知識會因此產生新的變化。舉例來說，每個人玩樂高積木組合出來的樣子都不同；或是我們畫同一個池塘，每個人畫出來的池塘都不一樣，知識會隨著每個感知它的人而產生變化。

每個人的經驗都會加到人類集體潛意識裡，讓後人有前例可循

賽斯與魯柏的接觸發生在「架構三」。賽斯不是我們這個世界的人，也不在輪迴裡。在塵世間輪迴的人是指活的時候在架構一，死的時候到架構二，架構一是肉體，架構二是靈體，脫離輪迴就是同時離開架構一和架構二。架構二是我們這個世界的後台，人死後只是到了架構二，等時機成熟再回到架構一，沒有人真的死亡。

賽斯繼續說明他和魯柏、約瑟的關係。魯柏和約瑟的意識，有些部分是活在他的意識裡面，因此，到某個程度，賽斯到哪裡他們就被帶到哪裡，就如微塵會被一陣凜冽的秋風捲著走，從一個地方到另一個地方。每個人都有自己的存有、內我，存有在我們裡面，我們也在存有裡面，宇宙就是一個包在一個裡面，眾生一體，我們從沒離開過存有。

魯柏和約瑟的意向與關注、興趣、需要與欲望、特性與能力，直接影響了賽斯資料的出現。他們的好奇心形成了驅動力，把賽斯帶到人間來，賽斯參與了魯柏和約瑟的經驗，而魯柏和約瑟也參與了賽斯的經驗，雖然宇宙每個地方是分開的，可是一個人的經驗會變成另一個人的經驗，你的經驗就是我的經驗。

每個人在一生中累積的經驗，都會加到人類的集體潛意識裡，讓將來出生的人有前例可循，每個人的人生都與其他人密不可分，最微小的經驗都會對人類整體有貢獻，這也是個人存在的意義與目的。假設有個太太的先生外遇了，從古到今一定有人碰到類似的困難，她可以參考其他人如何渡過難關；而生病的人也可以參考其他患者復原的經驗，既然別人做得到，為什麼自己做不到？

所有人都是一個極大戲劇的參與者。人生就是一齣戲，我們都是參與者，其主要行動發生於我們的世界之外，在那些我們的世界所來自的領域，每個人都是其他領域的原住民，每個生靈也都一樣。意思是說，地球不是我們的家，就像孩子離開家到學校上學，學校並不是孩子的家。我們都是外星人，只是藉著地球人的肉體形象出現，來地球出差、旅遊、學習、考察、玩耍。

我們這一批人的靈魂集體來地球投胎，真正的家是在心靈的故鄉，不需要害怕死亡。地球是活生生的大教室，不是我們的家，要好好珍惜，不要過度開發，破壞殆盡。有一天我們畢業了，教室要留給學弟學妹使用，以免他們入學時，走進去桌椅亂七八糟，環保的觀念是這樣子來的。我們只有地球的使用權，而非擁有權。

13-4

不同類的意識和生靈在心靈的故鄉相遇和溝通

（《個人與群體》第一四二頁第六行）心靈的故鄉絕對不是寂寞、黑暗而混亂的，也與任何對涅盤或虛無的觀念十分不同。它們是由不斷呈螺旋狀上升的存在狀態所組成的，在其中，不同類的意識和生靈不斷相遇而溝通，不是非人格性的領域，卻是捲入最為親密的相互作用裡。

這是最終的生命關懷。心靈的故鄉不是一無所有的涅槃或虛無狀態，一點也不寂寞、黑暗、混亂。在心靈的實相裡，在生命最深的領域，每個意識相遇，關係密切，你就是我，我就是你，大家都是自己人，不分彼此，自私也沒有意義。從這個觀點來看，一切都是因緣，沒有什麼好嫉妒、生氣的，那是屬於我們在人間的情緒，一旦能瞭解更深的因緣，不會讓自己陷入痛苦。

賽斯說這種互動一直存在於我們周圍，而他希望我們在思想裡對它們懷著熱切的嚮往，並且試圖把感知力和智慧延伸，覺察到它們的存在。這樣人與人一體的親密互動，一直在我們周圍延伸著。雖然賽斯分開談到這些架構，但它們卻是一個存在於另一個裡面，每一個侵入到另一個裡。到某個程度，我們是浸在所有的實相裡。宇宙所有的一切相連在一起，沒有分開。

如果能做到的話，試著去感受存在於其中的那個更大背景。這是一個練習。假設有一群人在某個房間裡，把整個房間想成是一幅畫，大家都是畫中的人物，由每個人的內我集體創造出這一幅立體畫，包括牆壁、肉身、衣服。另一個比喻是這個世界像虛擬實境，我們的內我其實在另一個地方打電動玩具，然後把我們送到這個世界來。

把心打開，心量放大。我們的報償將會是令人驚異的。當然，情感上的體現最重要，不僅是理性上接受這個概念。就像愛也是一樣，譬如說，我養了一隻金絲雀，為了把牠留在身邊，結果用籠子把牠關起來，我很愛牠，可是牠不快樂。最後我把籠子打開，金絲雀飛出去了，我因為牠的自由而覺得快樂，如果牠願意再飛回來，我就更快樂，如果不願意，我也要祝福牠。愛不只包含了佔有，也包含了祝福，不是只站在自己的立場，活在自己的快樂與痛苦裡，而是希望對方快樂，但也不是對方快樂自己就一定要痛苦，這才是愛的真正涵義。

賽斯課都來自於更深的內在心靈。在我們的世界裡，知識必須被轉譯為明確的細節，但我們也在處理那些無法如此容易解讀的情感實相。在賽斯書的氣氛裡，暗含了無法解讀卻有力的實相，然後在我們的時間裡，這些實相將漸漸以我們能懂的字句描寫出來。賽斯是個開悟者，他來告訴我們如何開悟以及我們本來的面目，不要再被自己的幻相欺騙，這就是賽斯書和其他書不同之處。

創造行為涉及了只憑信心與靈感的一躍以及障礙的破除

（《個人與群體》第一四六頁第八行）甚至我們對創造性抱持的觀念也會受到「架構二」的想法所影響。創造行為最接近「架構二」的作用，那些行為永遠涉及了只憑信心與靈感的一躍以及障礙的破除。我常講，得到癌症最簡單的治療方法就是投入創作。首先，瞭解人生是一場創作，創作就是不受約束，要過什麼生活自己決定，開始把生活當作創作；其次，從事音樂、繪畫、寫作等創作，任何創作行為都有助於打開阻塞的能量而治癒疾病。

我們常會自我設限，但從事創作時，最接近架構二和宇宙的本質，不是模仿，不受框架，勇敢放下執著，破除舊有的信念，憑著信心與靈感的一躍，如此一來，就能立刻徹底改變生命，跳脫原來的生活範圍，整個生命會進入不同的層次。只要憑著對架構二的信任，無論是老公愛賭博、孩子不聽話、婆媳不和等人生困難，都可以跳脫，跳到一半沒力氣了，馬上會有一台空中加油機過來加油，讓我們在半途又產生力量再往前跳。

每個人都有自己的意圖，創作過程中，任何行為都會回應著我們的意圖及追隨我們的聯想。畫家在畫風景時，藝術變成了他的焦點，他會從「架構二」汲取所有畫畫所需的相關資料，不但和技巧有關，也和他一生的視覺經驗有關。每個人都透過自己的焦點從架構二汲取資訊，像我是醫生，醫療很多身心疾病，醫療成為我的焦點，碰到不會醫的病，就必須去架構二找資料。因此，越幫助別人，自己的能力會越大，因為一遇到困難或有需要時，就能到架構二心靈網路找資料。不過要先有個焦點和奮鬥的方向，像是畫畫、寫作等，再全力以赴。

13-5

每個人都是來體驗人生的生命藝術家

（《個人與群體》第一四七頁第八行）架構二涉及了廣大得多的創造活動，其中所涉及的藝術是我們的人生，而所有為了人生的成功所需的成分，都可以在那兒找到。不管遇到什麼困難，答案統統在架構二，架構二就是我們人生的儲藏所。

比如說，先生外遇了，太太的人生看似遭遇危機。但是我們可以想，這就是她的靈魂設下的挑戰，也許她過去花太多時間在家庭，為別人而活，忘記了自己，尚未開發出生命的潛能，這件事是要她回頭問自己：「我到底為誰而活？難道我的生命只有婚姻、家庭嗎？是不是該為自己而活呢？」每個人的人生困難都是在回應自己成長的需要，遇到了困難，到架構二的心靈圖書館裡找答案，才會不斷成長。

我們在創造一項產品或藝術品時，對那產品或藝術品是什麼的那個想法，對結果會有很大的影響。因此，如果把人生當成一個活生生的藝術去體驗，對自己的人生或生命本身的想法，也會對我們的經驗有很大的影響。人生就是一個活生生的創作和藝術品，每天早上醒過來，都要用不一樣的角度看人生。

嚴格來說，每個人都是生命藝術家，由自己的意念寫出一部藝術史，不管遭遇任何困難、疾病，都是藝術品本身安排的情節，越曲折離奇、高潮跌起，越引人入勝，平凡無奇、枯燥乏味的節目沒有人想看。靈魂不喜歡平淡的人生，峰迴路轉才能賺人熱淚，否則沒有收視率。

● 人生就是一齣戲，我們是本體來到地球上的分身，本體是這齣戲的死忠觀眾，每分每秒觀看我們的人生發生什麼事，對心理變化和心路歷程非常感興趣。本體會說：「我的分身把人生過得這麼精彩，太棒了。」本體知道分身所經歷的一切都是在創造、體驗，為的是學習和成長。把生命當成活生生的藝術，有時候要認真去做想做的事，有時候則不要太認真、太計較。

13-6

過度執著於某種人生繪畫技巧，則人生圖畫會顯得單調

（《個人與群體》第一四七頁倒數第三行）如果我們相信一般人所接受的因果律，或相信如一般人所接受的二元對立論，就會被這些定義所捆綁，因為它們代表了我們的藝術技巧。如果相信因果論或非善即惡的二元對立觀念，則人生會陷入困境，要是有人相信人性本惡，那就是他人生的繪畫技巧。

我們只會從「架構二」汲取適合的東西來結構自己的經驗，因為我們將沒有吸引其他經驗的「技巧」，只要過度執著於一種技巧，人生圖畫就會顯得單調。這就是我們為什麼要成長和放下執著的原因，越執著人生就越單調，永遠遭遇痛苦，放下執著生命會海闊天空，才能從架構二汲取不一樣的生命經驗。觀念決定經驗，改變觀念，經驗就會改變。在人生中，我們要學習真正的表達，而且想像力非常重要，藝術家靠的是想像、信心和靈感，缺乏想像力就無法更上一層樓。

以我們的比喻來講，對架構二的認知，會把我們從那一點帶到偉大藝術的製作。我們

可以決定自己人生的起起落落，文字不只用來表達可見的東西，也用來表達不可見的。賽斯一直希望每個活在架構一的人開悟，從對架構二的認識而大幅改變人生，隨心所欲。

有學員問我：「小孩子是不是比較接近架構二？」

我回答說：「沒錯，因為小孩子的創造行為遠比大人多，但是小孩子的成長過程中，會受限於現實條件，越來越僵化。我們很少鼓勵孩子的創造行為，總是要他們的課業跟上別人。」

學員又問：「現在不是有很多標榜創造的才藝課程嗎？」

我回答說：「才藝課程的目的原本是為了啟發孩子的創造力，後來也變成功課的一部分，拿來互相比較，抹煞了孩子的創造力。真正的創造力不能設限，無法比較，不能用分數評斷、或是給標準答案。重點在於啟發生命的創造力，只要孩子創作時很開心，就展現了創造力。生命也是一場創造力的展現。」

日常生活中的大小事情都有其意義

每個人的私人實相都存在於永恆的創造性裡，我們的世界是由那個創造性的世界而來。每個人的生活有更大的來源，我們除了現在所過的生活、所認識的自己之外，內在有更偉大的自己、更豐富的心靈世界，瞭解這些就能瞬間解脫。

那個更廣大實相對我們的感知並沒有關閉，在每個人的私人經驗裡，處處明顯可見，也很明顯地表現於我們這個世界的存在本身。意思是答案隨處可得，我們除了要認真活在這個世界裡，當下還要進入內在心靈實相，瞭解到物質世界是由更偉大的世界創造出來的。每天的生活都是創造的一部分，由龐大的架構二所興起，我們擁有偉大的潛能，不可思議的可能性，可以過任何想要的生活。

在過去，宗教多少能感知到內在的實相，但是卻扭曲了。我們的世界是一個多次元創造性冒險的結果，是我們目前幾乎不可能瞭解的一件藝術品，在其中，每個人與生物、以及每個粒子，都扮演了活生生的角色。在「架構二」裡每件事都是已知的。架構二無所不知，以前就是用上帝來形容架構二，因為上帝全知全能，知道每個人的過去現在與未來。我們所有的命運都在架構二裡，比如說，五十歲、六十歲會過著什麼生活，但那些都只是可能性，最終還是由現在的自己決定。

架構二裡每件事都是已知的，從一片葉子的落下，到一顆星星的隕落，從夏日最小昆蟲的感受，到馬路上一個人被殺，那些事件的每一個在更大的活動模式裡都有其意義。生命中的每件事都有意義，甚至走路不小心踩死一隻螞蟻都有意義，只是我們沒有體會到而已。

舉例來說，到了秋冬，樹上的葉子要落下，有沒有意義？有。第一，葉子落下讓地上的昆蟲當食物，回歸土壤；第二，到了冬天保存精力，把生命力還原到枝幹和根，以便來年春天長出新葉子。

我也常打一個比喻，為什麼果實尚未成熟前是綠色，成熟後才會變紅色？因為沒有成熟前不想讓人發現，成熟後希望人發現，就會變顏色發出香味，吸引人去吃它。我們吃了水果會強壯健康，又能幫助它們繁衍後代，這就是宇宙萬物愛的互助合作。因此，日常生活中的大小事情都有其意義，生病更是有偉大的意義，光是覺悟到這一點，就要喜悅、充滿光輝，像吃了人參果一樣，生命完全提升。

第14講

14-1

宇宙如概念般繼續擴張，生命能量經常不斷插入這個世界

（《個人與群體》第一四九頁倒數第六行）尤其是從事創作的人，都常常只把他們額外的洞見與知識應用在藝術上，卻非生活上。這就是前面說的繪畫技巧，建立了什麼概念，就代表運用什麼繪畫技巧彩繪人生。

我們「架構一」的生活是建立在以下概念上：就是我們只有這麼多精力，而且會筋疲力盡，以及某種分量的精力消耗會產生特定數目的「功」。「功」就是指產生的結果。賽斯說我們對架構一有個錯誤的觀念，誤以為人的精力和能量有限，出生時最健康，年紀越大越衰退，這種觀念大錯特錯。假設用在疾病上，昨天的我有癌症，表示明天的我也要有癌症嗎？不一定。昨天的我心情不好、很想死，今天的我心情一定也不好嗎？不見得。昨天的我頭很痛、很悲慘，今天的我一定要很悲慘嗎？不是。生命一直不斷變化。

人們相信宇宙的能量會消耗殆盡，所有這些都預設了沒有新能量被插進這世界的「事實」。這世界的源頭看似不再存在，因已經在製造物理現象的努力中把自己消耗光了。根

據這種想法，「架構二」將是一件不可能之事。宇宙當初大爆炸後，就沒有新能量加入，所以科學家說太陽再過五十億年會衰老死亡，宇宙的能量用完會滅絕。賽斯說這是錯誤的觀念，因為他是從宇宙外面來的，當然知道。

反之，以一種與我們物理定律毫無關係的方式，生命能量經常不斷地插入我們的世界，宇宙就如概念那般地擴張。每個生物較大的生命存在於那「最先」給它生命的架構裡。物質世界來自於精神世界，我們的肉體生命來自架構二。

每一種生物，不論年齡，的確都在經常重生

用一種較廣義的說法，每一種生物，不論年齡，的確都在經常重生。有學員說：「我的能力不足。」「我年紀大了體力不夠。」「我被倒了好幾億。」能力和體力可不可以重生？可以。債務一定還不完嗎？不一定。只要相信這段話，生命可以隨時隨地重生，這就是賽斯思想產生神通變化的地方。

所有生命現象和物理定律都預設了古早的宇宙論，而賽斯已經推翻了科學的宇宙論。曾有讀者和學員問我：「許醫師，賽斯講的東西符不符合科學？學這些東西有沒有科學根據？」

我回答說：「賽斯講的東西一點都不符合科學，不但沒有科學根據，還打破原來的科學理論。」

以這一段為例，科學的熱力學第一定律叫做能量不滅，能量不會增加，宇宙從有秩序變成最大亂度，一個玻璃杯打破了，不會再變回玻璃杯，宇宙永遠朝向最大亂度，但這個理論是錯的。像是佛教也講「成住壞空」，空掉之後再成，不斷輪迴，如果玻璃沒有碎掉變成玻璃砂，怎麼再提煉玻璃呢？

賽斯理論打破了物理熱力學能量守恆定律，新能量隨時可以從架構二來。很多人說：「我做過化療，身體很虛。」這個觀念不對，能量可以重新補充，但是必須要先有這個概念，才能從架構二汲取能量。

新的繪畫技巧會決定新的生命經驗。從小體質虛弱的人不見得要繼續虛弱下去，過去其貌不揚的人也可以從下個月起成為大美人，如何操作呢？很簡單，寫下新的人生信念：「我生下來就是美人胚子，可是過去三十年這個胚還沒有發芽，從今天起我會成為最美、最有氣質的女人。」一旦改變觀念，我們與架構二的關係就能完全重整。

因此，這個時候每個人可以有領悟的重新爆發、夢的經驗以及其他這類事件。我希望大家不要自我設限，能量隨時重新改變，每個人都有潛能變成一代大師、偉人、富豪、美人，像六祖慧能不識字，一樣可以瞬間開悟，瞭解宇宙的本質，走向自悟悟人的道路。但是一般人往往被自我的執著框住，受到學歷或家庭主婦的身分劃地自限。

我們有一個生命的源頭，的確可以走上想要的道路。我常常以自己為例，我有好幾本書已經在大陸出版，之前還有學員在上海買簡體版的書回來給我簽名。我的書為什麼可以在大陸出版呢？因為我的心念當中，預設了將來要去大陸演講，把新時代的思想傳到大陸去。思想跑多遠，人就可以跑多遠；心有多大，事業就可以做多大，概念決定了命運。

14-2

我們與大自然都來自於一切萬有

（《個人與群體》第一五三頁倒數第五行）我們是自然的一部分，也是自然源頭的一部分。要常去大自然走走，不僅心曠神怡，還能找到生命的源頭。大自然與我們的心靈同父同母，都是從架構二而來，接近大自然就等於接近心靈的本質，不會過度捲入人世間的喜怒哀樂。

舉例來說，有人因為配偶外遇了很痛苦，但是人類從有歷史以來，多半是一夫多妻、或一妻多夫，一夫一妻制是最近一、兩百年才開始盛行。從歷史角度來看，只能表示現在人類的心靈不滿足於一夫一妻，不需要執著，讓自己如此痛苦。賽斯說過，唯一要守的戒律是不要蓄意傷害別人和自己，其他都不是真正的罪。生命很寬廣，沒什麼好計較，整個歷史從過去到現在也不斷改變。

生病的人更要常去大自然，會生病就是因為在人間碰到種種挫折，也許是工作、婚姻、家庭，大自然可以讓心靈回歸源頭和生命的本質，忘卻煩惱。賽斯說過，最好的醫院絕對不在市區，因為無法與大自然接觸，真正的醫院應該蓋在森林、廣大的農場裡，就像賽斯村，可以學習、耕作、散步，讓生病的人療癒。

從嬰兒長大到完全的成人，也許是此生所完成最困難卻又最容易的偉績。從嬰兒長大成人是個困難的奇蹟，可是大自然不費吹灰之力就能辦到。我們還是孩子時，與自己的天性認同，直覺瞭解到我們的存在沉浸於成長過程裡，並且是其一部分。

我們學會閱讀，但「看」本身卻是偉大得多的成就，彷彿完全自行發生。不管我們能看多少書，一定要先能看。寫書的人很偉大，但是賦予我們看的能力之源頭更偉大，這就是架構二。賽斯一直要我們去找內在的奇蹟和本來的面目。

我們根本不用擔心健康，越在乎心臟跳得規不規律，它就跳得越不規律。我有個強迫症患者，每天都在想自己如何呼吸，擔心如果沒有掌握呼吸的奧秘，萬一有一天不呼吸了怎麼辦？因此，每天都戰戰兢兢，無法工作、結婚、做任何事。這種想法在邏輯上很合理，如果不能呼吸的確什麼事都做不了。但是對於心跳和呼吸，唯一能做的就是「信任」，信任自己看電視、睡覺時不會忘記呼吸。對於健康也是如此。現代人多半失去了對健康的信任，信任健康就要像信任呼吸、心跳一樣，這一點孩子的信任度很高。

宗教一直在暗示我們與自然源頭的關係，比如說，常常聽到一句話：「我們是宇宙的兒女。」然而，基督故事的要點並非基督之死，卻是祂的誕生，以及那常常講的主張，每個人都是「天父之子」。我們以前也講過，每個人都是上帝的獨生子，我們屬於大自然，我們與大自然來自同樣的源頭，都是從一切萬有來的。

大自然就是一切萬有本身，就是神，因此，以前有山神、水神、風神。現在人類已經不瞭解生命的本質，也不瞭解神的本來面目，於是一再遭遇自然災害。可是大自然並不是存心要傷害我們，大自然永遠愛我們、保護我們，只有當人類的潛意識亂掉了，心境混亂才會發動大自然來傷害人類。

身體永遠要讓我們健康，可是我們會用混亂的情緒、痛苦和壓力，發動細胞突變產生疾病，而內在不穩定的情緒，也會發動大自然的災難。比如說，民國九十三年艾利颱風造成三重淹水，淹水看似與捷運局施工有關，但真正的原因是三重地區居民高漲的情緒。我在三重看到很多民眾過得很苦，生活條件差，勞力階級多，社會地位低。那次淹水不是天災人禍，而是三重居民集體的痛苦指數比較高，心靈決定外在，痛苦指數有多高，水就會淹多高。

14-3

科技代表人類膨脹的自我，大自然代表心靈的力量

（《個人與群體》第一五四頁第九行）在聖經裡有許多後來加上的補遺，就如無花果樹的故事、基督的「父親」是那位上帝等。賽斯用一切萬有來代表上帝，一切萬有的確覺察每一隻墜落的燕子，也知道每個生物的存在，不論其族別或種類。牧羊人與羊群的故事比較接近基督原始的想法，那就是每個生物守護其他生物。像我們之前講大自然愛的互助合作。

羅馬天主教會修改了很多基督講的話，例如基督曾講過人的輪迴轉世，但天主教會把任何可能暗示異教儀式的東西或他們認為的自然崇拜「滌蕩殆盡」，把它洗掉篡改了。耶穌也說過，大自然就是神的化身、神靈的故鄉。拜神不如去大自然走一走。

自然與心靈變得分離了，以至於我們大半在與大自然分開的範疇內，接觸我們的生活事件。到後來開始與我們的身體及自然世界分離。科學講的是分離主義，要征服大自然，讓人不再覺得是大自然的一份子，心靈不再覺得與大自然合為一體。我們的身體從大自然

而來，吃的五穀雜糧也從田裡種出來。如果心靈和大自然脫節，到最後就會和身體脫節。

因此，我們維持不了與大自然本身偉大的全面性情感認同。我們在研究大自然彷彿是站在它們的外面。我們用科學解剖大自然，科學不是心靈，比較像是人類膨脹的自我，自我想要擁有更多的物質，可是缺乏了心靈的安慰與認同，就算坐擁金山銀山，心靈不會真正平靜快樂。

科技越發達，自然災難會越多，為什麼？因為科技代表人類膨脹的自我，大自然代表我們的心靈，自我過度膨脹、人類過度認同科技，心靈就會舉手跳出來，大自然會拼命反撲，讓人見識到大地的威力。比如說，地震的威力是從內在心靈的無意識而來，心靈要告訴我們：「到底是膨脹的自我還是內在心靈比較有威力？」由此可知，自然災難是要喚起大家心靈的力量，一旦瞭解了，就不需要受到災害的襲擊。

重視大自然代表重視自己的心靈。重視心靈是指得了癌症醫學醫不好，心靈會醫好，因為醫學也代表了自我膨脹的力量。任何自我的力量都從心靈而來，到後來，人類治療疾病一定要從心靈下手，從科技、科學絕對沒有出路，再發達的科技，一碰上大地震瞬間化為烏有。因此，醫學醫不好的疾病，內我會幫助我們；科學做不到的，心靈會帶給我們寧靜。

到某個程度，社會的信念容許我們足夠的自由，因此大多數的人信任我們的身體，直到長大成人。不過，隨後許多人不再信賴在我們之內的生命過程。大部分的人在孩提時期比較健康，成年後才開始生病，進入老年期病更多。我們翻開報紙，會看到老年人體弱多病，免疫力降低，趕快打流行性感冒疫苗的新聞。但是賽斯思想反對人越老病越多的觀念。人越長大越不信任自己身體的健康，但是生命的本質就是信任，就像我們信任呼吸心跳一樣。而科學的本質是不信任，科學是膨脹的自我，自我不肯回歸心靈。我不是否定科學，以後科學還是要繼續發展，可是科學會變得謙卑有愛心，會慢慢認同內我的力量，不再驕傲自大。

簡而言之，大自然與我們同源，大自然的災害是要帶領我們回歸心靈的力量。淹水、颱風都是由於內在情緒高漲和不穩定，因為水代表情感、情緒，風雨代表憤怒、生氣，身體的病痛也都與情緒脫不了關係，希望大家能從這個角度更信任身體的健康。

14-4

宗教和科學偏頗的論點，使人無法相信天性與大自然的善意

（《個人與群體》第一五五頁第六行）某些科學論文常使我們相信，除了經由做父母親而確保族類的進一步存在之外，長大就沒有什麼目的了。那時，大自然十分願意免除我們的服務。這種觀念比較像是之前科學家提到的「自私的基因」，因為基因本身想要存活，而透過人類繁衍後代。

科學家直接了當的說，我們再也沒有其他目的了。從物種的角度來說，在「動物奇觀」或「探索頻道」等節目裡可以看到，動物的思想和生活只有兩件事：覓食與求偶交配，很多生物終其一生都是在吃及繁衍後代。

那麼，人類這個種族除了一個無心的生存決心之外，就必然顯得沒有理由存在了。很多宗教的確強調人的存在有一個目的，但在宗教自己的迷惑中，它們常常講得好像是為了要達到那個目的，就必須否認掉人在其中存活的身體，或必須「超越」那「粗鈍的」俗世特性。就是如此，在這兩個例子裡，人的天性及大自然本身都被無情地對待。

科學提到人的存在就是為了生存，像是達爾文的「適者生存、不適者淘汰」；而宗教提到人要找到靈魂，卻要人否定欲望，很多宗教要人拜神拜佛，但從沒要我們信任自己、愛自己。賽斯說過，假設一個小孩子先學會了思考，將無法學會走路、說話，因為他在思想上會明白，走路、說話很困難，他永遠做不到。有些人常說：「我做不到。」這是信念，不是事實。

兒童之所以能從小小的身體長成大人的身體，輕易地學會走路、說話，都是仰賴身體自發的智慧、天生的奇蹟。只要他們沒被欺負，大部分時間都是開朗活潑、自由自在地活在自己的天地裡。從每個兒童尚未社會化的純真臉龐，可以看出人的天性絕對是樂觀快樂、信任宇宙，相信自己本來就是很棒的生物，相信自己的生命有價值，相信生長發展自己的能力是好的，而且宇宙的每個部分都會對其他部分提供好的幫助，這是每個兒童、每種動植物、甚至每個原子、分子與生俱來的知識。

可是，我們長大後卻相信年老必然體弱多病、人生的苦難大於幸福，後天的社會性概念遮蔽了先天的喜樂和自在。修行和明心見性不是加東西的過程，而是把東西拿掉。很多時候，我們面臨痛苦不是因為想不出答案，而是放不下執著，困在邏輯性的狹隘思考裡。

在宗教和科學的兩個例子裡，人的天性和大自然本身都被無情地對待。因為宗教不鼓勵我們信任自己，而說我們有原罪，帶著過去輪迴轉世的業障，欲望很可疑。科學則說大自然很可怕，不關心人類的死活，每種生物好像都要奪去人類的生命，像是紅火蟻、虎頭蜂，還有土石流、地震等天災。但是賽斯說，大自然主動愛人類。

每個人依據自己的世界觀去體驗這個世界

這種故事是神話。它們的確有力量與威力。然而，以那種說法，它們代表了神話的較黑暗面，但我們經由它們的模子來看待世界。每個人都有自己的人生觀和世界觀，活在以其為基礎而建構的世界裡。我們的社會有集體的社會觀，變成社會集體看世界的方法，信念會創造實相，因此，我們依據世界觀去經驗這個世界。

最好的例子就是精神病患，有被迫害妄想的人，只要一走出家門，就覺得大家都在迫害他、設計他、跟蹤他，因為他的世界觀是：「每個人都要害我，我沒有價值。」我們很清楚他活在自己的世界觀裡。同理，每個人也都活在自己的世界觀。例如，孩子說：「媽媽，我長得很醜，我覺得沒有人喜歡我。」孩子認為這是事實，可是做父母的心裡明白，孩子一直對自己沒信心，所以活在自卑的人生觀，在他的世界裡永遠認為自己比別人差勁。

賽斯提到，現代人的人生觀和世界觀比較扭曲。比如說，目前的科學說我們死後沒有生命，物質毀滅了，意識就不存在。一旦相信這種說法，就會經歷一種滅絕的感覺，因為人透過自己的世界觀體驗世界，戴墨鏡看出去的世界是黑色，戴紅色眼鏡看出去的世界變成紅色。很多人以為自己活在客觀的世界，其實不然，每個人都活在主觀的世界。

賽斯說，現代人的世界觀比較黑暗，我們會按照這種對人生的假設，來詮釋生活事件，以及歷史的宏偉範圍。這些神話、世界觀不只渲染了我們的經驗，而且還會創造多少符合這些假設的事件。為什麼一個人活在自己的世界而不自知？例如某甲的世界觀是自卑、比不上別人，他就會體驗到與此世界觀一致的事件，像是與人交談時，對方會感受到某甲看輕自己，看起來很好欺負，於是真的比較看輕他。

人按照自己的信念創造出相符的人生事件，然後再誤認為事實。如果我的世界觀是：「這個世界每個人都是壞人，大家都要算計我。」結果我就會一天到晚被陷害，因此更加深我的信念，可是我從沒發現，被陷害的事實是我的世界觀創造出來的。過敏體質也是一樣，偶爾一、兩次過敏，立刻被貼上標籤，在腦海中種下「過敏體質」的概念，以後每次吃到那個東西，一定會過敏，不是體質造成過敏，而是信念創造實相。

要改變一個人的命運，最快的方法就是當下改變他的人生觀。如果我們建立的人生觀是：「世界上沒有壞人，只有做壞事的好人，每個人都具有善良的意圖。」那麼就會遇到善良的人，如果有人傷害我們，不代表他邪惡，只代表他無知，會輕易傷害別人肉體和心靈的人，不是壞人，是笨蛋，因為他不明白傷害了別人最終一定會傷害到自己，他需要的是學習和成長。

14-5

死亡意味著生命的延續，並非對生命的侮辱

（《個人與群體》第一五六頁第二行）那些在天災裡「失去了」生命的人變成大自然的受害者，我們在這種故事裡看到了無意義的死亡。這就是我們現在的詮釋方法，天地無情，土石流奪走了無辜的人命。就目前社會的觀點，全家人死於土石流看似毫無意義，賽斯要提供完全不同的世界觀。

像這些例子就是大自然對人漠不關心的進一步證明。大自然會關心人嗎？如果會，為什麼這麼多人死於天災呢？從報紙、教育、日常對話中，可以發現我們現在看世界的角度、感受實相的方法，進一步突顯出大自然對人漠不關心。

另一方面，也許有些人會在這種例子裡看到憤怒上帝的報復之手。像是挪亞方舟的故事，有些人詮釋為上帝見到人類的惡行，一怒之下要降大洪水給人類，可是挪亞比較善良，上帝指示他建造方舟，帶著妻兒、牲畜逃難。或是在一、兩百年前，村莊裡如果很多人同時得到怪病，大家會說是因為觸怒了山神。

在此，神明再度用自然使人屈服。人本來有生也有死，死亡並不是對生命的侮辱，卻意味著生命的延續。賽斯一句話就打破了我們原來的觀念，死亡並非生命的終結，也不是嘲弄生命，很多怕死的人臨終時嚇得發抖。但是死亡是生命的延續，不只在如我們瞭解的大自然架構內，而且也在自然源頭內。當然，死亡就是自然的。

死亡並非不自然，可是科學和醫學認為死亡不自然，所以更早的醫學會盡一切努力讓人活著，插管、氣切等，無所不用其極，以人工方式維持生命，因為死亡代表生命的終結，是對醫學的嘲弄。假設醫學家看到這句話：「死亡其實是生命更大的延續，死亡是自然的。」那麼我們會用恩寵的心迎接死亡，在面對臨終的家人，不會如此哀傷，會覺得他們回到了大自然，他們的生命到了另一個世界延續下去。最可憐的是植物人，身體救回來，靈魂跑掉了，因為人類拿磚頭砸自己的腳，不尊重死亡。

醫學不尊重死亡，也不尊重疾病，並沒有去探討疾病背後的涵義，只想把疾病除之而後快，竭盡全力避免死亡，這些觀點都不正確。人類從古以來就有死，如賽斯講的，真正的世界觀是：「死亡是生命的延續。」因此，我們現在看待疾病的觀點和做法都要改變。

● 所有疾病背後都有扭曲的心靈能量，我們要藉由疾病認識自我，以後的醫生不只是治病，而是要提供愛的滋養、心靈的支持，幫助病人看到疾病背後的意義、認識自身的創造力。賽斯說，病人最需要的不是點滴，而是心靈點滴、是愛，很多醫院常常是最缺乏愛的地方。我之前也講過，很多被急救回來的病人，不是因為科技，而是過程中深受醫生的愛心感動，才決定活下來。

每個人都以最精確美麗的方式，符合宇宙全盤計畫

我們心靈的自然輪廓很能夠覺察到人生的內在起伏，以及我們的人生與其他活著生物的關係。每個人直覺性地天生就有這種知識，即他不只是有價值，並且以最精確而美麗的方式，符合了宇宙的全盤計畫。我們的內心本來就一直能覺察到自己的生命，感受到萬物一體，後天的教育卻引領我們離先天的喜悅、信任、愛越來越遠。賽斯說的都是每個人天生就有的內在知識，每個人天生有價值，生命會以最精確美麗的方式，符合宇宙的全盤計畫。

假設我在輔導做生意失敗的人，他說：「許醫師，我生意失敗了，我沒有資格活在世界上。」或是學生說：「我的功課很糟糕，我覺得自己將來是社會的米蟲。」我會告訴他：「縱使你是米蟲，都是一隻有價值的米蟲，而且身為米蟲的一生，精確而美麗的符合了宇宙全盤計畫，宇宙此時此地就需要你這隻米蟲。」

這個世界建立的價值觀偏差了，以功利為出發點，功成名就才有價值。父母在教育孩子的過程中，很少會說：「孩子，不管你將來表現得好不好，小學有沒有畢業，都很有價值。」而是告訴孩子：「如果你小學沒畢業，就沒有出息，以後是社會敗類。」我們從小都沒有學到這樣的價值觀，一旦失業、失敗，就落入了悲哀或得到憂鬱症想自殺。

因此，我們要再三體會賽斯這句話：「每個生命都是用最精確而美麗的方式符合了宇宙的全盤計畫。」不管是微小的浮游生物或社會上看起來最失敗的人生，都符合這句話。縱使是最後一名的孩子，我們也要告訴他：「你是很棒的孩子。」像之前我到江翠國中演講，講完後校長馬上表示，以後要對全校學生說：「不管是第一名還是最後一名，你們都是很棒的孩子。」即使是殺人魔王也有價值，雖然不是頭腦和理性的價值，就像戲劇裡的壞人也有價值一樣。人生就像一齣戲，每個角色都有其美麗而精確的價值。在戲裡我們清楚知道，但在人生裡卻不明白。

● 每個人的生與死都涉及了最高貴的時機。每個人出生和死亡的時間，都是宇宙最完美計畫的結果。看了賽斯資料，就會知道死亡是人物質生命的終了，也是生命的一種高貴。要尊敬死亡、瞭解死亡。賽斯一直強調，從心靈的角度來看，還沒有準備好要死的人不會死，體會了這句話之後，便不再害怕死亡。假設地震房屋倒塌，只剩下最後一口氣，在面臨死亡時，也會感到心滿意足，迎接高貴的時刻。我希望大家透過這個角度看生命，這才是真正的生命哲學，不要再用過去恐懼、害怕、黑暗的角度看待死亡。

我們自己內在本質精巧的作用，天生容許我們去與所有一般的大自然面貌認同，而那個認同將引我們進入對自己在自然之源頭裡的角色有更深理解。我們看山、看雲、看海，天生有一種神秘的瞭解，感覺到自己是大自然的一部分，即使狂風驟雨都在訴說我們靈魂的本質，因為大自然有心靈的源頭、內在的實相，而我們自己也有。

我們是我們的存有到物質實相裡的分身，我們只會離開物質舞台，永遠不會死。像我對地震就有不同的觀感，地震時我覺得這是人和大自然合作的結果，甚至是整個人類社會自我演化的結果，涉及了所有人共同參與的生命學習。假設大地震把高雄夷為平地，死掉一半的人，大家看到的是悲慘、死亡、大地無情，我看到的是它要激發人們生命的勇氣，讓現實與世俗歸零，使所有人內在的愛和生命的能量重新綻放。一旦建立起這樣的世界觀，面對未來絕對可以身心安頓，不會畏懼死亡。每次坐飛機搖晃得很厲害時，我會告訴自己：「如果這是我生命的終了，我平安接受吧！如果不是，反正我不會死，況且我也還沒準備好要死，沒什麼好怕的。」這就是生死自在。

第15講

15-1

思想情緒會與外在天氣相互作用，也會影響健康及內分泌

（《個人與群體》第一五六頁倒數第四行）我們建立人生於其上的那些神話如此預設了我們的存在，以至於我們常在口頭上否認內在所知道的。現在大多數人的概念、頭腦及理性的認知，都與心靈知道的相違背。

舉例來講，當人們在一次天災中受傷，他們常會聲稱自己對這種牽涉完全不知情，會忽略或否認那些內在感受，事實上，唯有那些感受才會賦予那事件在他們生活中的任何意義。當然，每個人涉入的理由是數不盡的，全都合理，而在每個例子裡，人和自然以那種方式都會在一個接觸中相會，那個相會從全球性事件直到個人最小、最隱私的事件都有意義。因為我們集體的神話做了某種區分，讓賽斯幾乎無法解釋。舉例而言，我們把雨或地震想成自然事件，卻不以同樣的方式把思想或情感認作自然事件。因此我們很難看到情緒與物理狀態之間如何合理的相互作用。

這裡舉的例子是在一次天災裡，共同參與的人集體先吸引了這件事，可是人們通常都

離自己的內心太遠而不自知。天災發生前，參與者的心靈都會有點忐忑不安。如果有個人下午三點將會出現一見鍾情的經驗或家人在車禍當中受傷，他一早起床就開始心神不寧。

我們都向外看，很少在當下內觀自己的感覺，小孩子對這種事特別靈敏，大人已經很少瞭解自己的覺受。為什麼呢？首先是恐懼，不想事先知道；其次，從小學到大學，沒有一門課教我們事情發生前可以預先感覺得到，只是不斷說這些東西不存在。教科書畫出來的是另一套神話，妨礙了心靈的第六感和直觀，讓我們無法進入內在的靈性。因此，不論是死於天災、車禍或山崩，當事人都是該事件的共同參與者，不單是受害者，事情發生前都約略感受得到。

有人會說：「當然，我瞭解天氣影響我的情緒。」卻很少人想到我們的情緒對天氣造成什麼影響。雨和地震是自然事件，思想和情感也是自然事件，所以思想情感會與外面的天氣產生作用，也會影響身體健康和內分泌。比如說，女生最清楚知道，快考試了，月經不是提前就是延後；或是四個女大學生住在同一間宿舍，過不久大家的生理期就變成同一天開始，這代表人與人在心靈上會互相影響。科學一直沒有提倡心電感應的存在，可是日常生活中屢見不鮮，正當我要撥電話給某個人，他就打電話來說：「我正要找你。」

我們這麼貫注於歸類、描寫及探索客觀世界。生物學就是歸類、描述、探索客觀世界，客觀的世界無疑是「那唯一真實的世界」，好像對我們施壓或是侵犯我們，或至少幾乎是自行發生的。我們的教育說：「這是唯一真實的客觀世界，大自然是根據物理和化學定律。」大自然背後有靈魂嗎？山有山神嗎？課本說那是迷信。可是我們的教育本身卻是個大神話，完全否定了物質背後有意識。

目前的神話給予事件的外在性極大能量，讓人感到很無力

因此，我們有時會對真實世界感到很無力，因為我們的神話給了事件的外在性極大能量。我們的神話、教育、人生觀和世界觀，給了事情的外在性極大的能量。以疾病為例，病人會說：「我好想活下去，但是癌症不讓我活。」這種說法給了癌症很大的外在性，凌駕於個人主觀的力量。或是有些受虐婦女說：「我先生就是要虐待我、打我，有什麼辦法？這是我的命運。」這種邏輯也給了事情的外在性極大能量，命運降臨在身上，不管當事人喜歡與否，只能無奈地接受。

我們從來沒有學到信念可以創造實相，是自己吸引外來發生的事件，不相信的事絕不會發生在身上。沒有人教我們這些，於是我們在人生中活得很無力，覺得很茫然，認為自己沒有力量改變世界、政治局面、婚姻、孩子。我在《許醫師諮商現場》一書中提到，我

們一直是心隨境轉，心被外境所轉，沒有學會以心轉境。從小到大的教育都說要如何調整自己的心來適應大自然、適應婚姻，甚至適應自己得到慢性病得終生服藥這件事，卻沒有想過可以去創造。我們給了事件的外在性太大的能量，完全沒有找到自己身心靈真正的力量。唯有終其一生不斷瞭解和運用這個法門，才能破除現有的命運，擺脫不想過的生活。

在激憤的情緒中，有些人會把自然看作善良與耐久的，且充滿了天真與喜悅，同時另一方面，又把人視為出身微賤的族類。很多宗教認為人天生有罪業，一不小心會迷失，不容易尋回本性，因此每天戰戰兢兢怕犯錯。事實上，認為人天生容易墮落、小孩沒有教會變壞等觀念都是一種神話。

● 賽斯的觀念是：有時候孩子越教，變壞的速度越快，因為我們沒有信任他們的天性。有位大陸作者周弘寫一本書，叫《賞識你的孩子》，唯有開始賞識孩子，孩子才會越來越棒，要是不改變看待孩子的心態，孩子永遠不會變好。

15-2

不信任天性的人生觀，導致社會越來越亂

（《個人與群體》第一五七頁倒數第四行）另一方面，把人類視為地球表面的蟲害、一種不管是任何強烈之善良意圖卻必然會做錯每件事的生物。因此，我們也不信任人的天性。我們不再信任自己和別人，認為如果沒有道德就會墮落；如果不用功就會做錯，制訂法律防堵自己內在不好的天性。然而，人會根據自己的信念創造實相，如果集體信念認為人的天性不好，那麼整個社會當然不好，詐騙犯罪事件層出不窮也就不足為奇了。

比如說，台灣為什麼要買武器？因為怕對岸打過來，於是對岸當然要買更多。先不論買武器是對是錯，其背後的心態是不信任和恐懼。賽斯說過，戰爭來自於恐懼的思想，兩支槍不會自己打起來，是人出於恐懼而去拿槍。不信任天性的人生觀，導致整個社會越來越亂，即使用重典也不會有用，主因是這個世界缺乏一個真正偉大的哲學，教導我們人是偉大的生物，天生具有善良的意圖，只要讓孩子知道自己是很棒的小孩，天生就有價值，不必與別人比較和競爭，每個孩子都會有信心，不會變壞。我們現在學的就是

這套哲學。

這個不信任人的神話給了一般自然現象很大的價值，卻在一個於其他方面具有教化性的故事裡把人視為惡的。太多人認為人性本惡，然而，與自然的真正認同，會約略顯示出人在物質行星範圍裡的地位，也會把他幾乎不知不覺達成之成就帶到最前面來。我們要與自然真正的認同，瞭解人是大自然的一部分，不僅如此，所有的生物也都是大自然有價值的一部分。一旦建立了這個觀念，整個地球都會改變，人會更認識自己，會瞭解這個星球並非不關心物種，我們的大氣層就是剛剛好，足以適合所有生物居住，真是偉大的設計啊！有足夠的氧氣讓我們呼吸，水源讓我們飲用，是人類把它弄髒了。

自認必須受罰的人，常為了個人目的利用災難

賽斯接著要提到一些個人與天災或流行病的關係。我們形成自己的實相，這句話再強調也不厭倦。這個聲明適用於我們所經驗最微渺以及最重要的事件上。除非找到了形成自己命運的人生觀與世界觀，否則永遠打不開命運的鎖鏈，無法解脫。

接下來，談一下抗生素。現在醫學一直呼籲不要濫用抗生素，因為它帶來兩個危害：第一，殺光身上的有益菌，變成偽膜性大腸炎。有的人用了一陣子抗生素後，改變了全身

的生態，沒有微生物保護身體，體質會改變，更體弱多病，變成過敏體質。可是賽斯說，人體內百萬細菌大軍是為了保護我們而存在。

第二，如果任何的入侵都用抗生素解決，將來要是有一隻微生物抗生素抵抗不了，就麻煩了。因此，還是要回到人天生的自我療癒能力，要瞭解沒有一隻病毒天生具有害死人的意圖，但是我們的生物學界不承認這一點，流行病學家說SARS或禽流感要殺死一個人不會選擇受害者。從賽斯的觀點，是人選擇了病毒，是內在已經決定要離開這個層面的人，參與了集體生病的計畫。

比如說，有人選擇個人結婚，有人選擇集體結婚；有人自己生病，有人喜歡趕流行參與流行病；有人只穿當季流行的衣服，有人則我行我素；有人愛湊熱鬧，有人是獨行俠，每個人的個性都不一樣。賽斯認為是人去挑SARS，沒有準備好要死的人，就算感染了也沒事。這種哲學與醫學界天差地遠。

有些人相信他們必須受罰，因此搜索出不幸的境況。他們趨赴一件又一件的事，在其中遭受報應。他們可能找出國內那些天災頻仍的區域，或他們的行為也許是那樣，於是吸引其他人產生一種爆炸性的反應。不過，個人常常都會為了自己的目的去利用災難，作為把生活帶入清楚焦點的一個外在力量。有些人也許玩弄著死亡的念頭，在最後的一舉中選擇與自然有個戲劇性的接觸。而其他人則在最後一刻改變心意。

賽斯說的內容與我們平常頭腦以為的都不同，套句奧修說的話，要「把頭腦完全放下」，才會聽懂賽斯說的話，沒有完全理解奧修內容的人，看不懂賽斯。

有人問我：「奧修和賽斯哪個比較好？」

我回答說：「先看懂了奧修，把頭腦放下了，就可以開始看賽斯，因為賽斯講的與一般觀念落差太大了。」

很多人覺得自己不夠好，相信犯錯就必須受罰，像是，錢賺得不夠多就覺得對不起父母或怕被老婆看不起，嫁的先生不夠好就不敢回娘家，這種罪與罰的概念會讓人在潛意識當中，搜索出不幸的情況。例如九二一地震發生前，某甲明明可以搬去台北，但他就是想住埔里，他的內在法則會找出最容易發生災難的地方定居。外人以為是意外，其實不是。

●我們常常不瞭解內心世界，在潛意識的基礎裡，很多人會為了自己的目的利用災難，作為把生活帶入清楚焦點的外在力量。因為早在災難和生重病之前，他們的生活已經失去重心和方向感，藉此事件重新動員生命的能量。「抗癌」這兩個字是幌子，為的是提供明確的目標，讓他們燃起鬥志，暫時把抗癌當作生命現階段的重心。有些人抗癌成功之後，接下來不知道怎麼活，反而得到憂鬱症。

我之前有個肺癌末期的病人，醫生跟他說最多只能活三到六個月，他在那幾個月裡每天都很積極抗癌，六個月一到，癌細胞沒有了，他居然告訴我：「許醫師，我好想死，因為我抗癌的目的達到了，接下去不知道怎麼活？」本來在他的生命當中，就不知道自己為誰而活。

暈眩症有兩個主要原因：一個是對未來茫然；另一個是當下的生命失去重心。每個人生命的每個階段都有重心，剛結婚時重心是先生，孩子出生了重心變孩子，孩子慢慢長大、先生外遇了，重心又回到自己身上。很多女人遭遇先生外遇，也是自己玩出來的理由，終於可以名正言順把重心放在自己身上。先生外遇了，剛開始她會生氣怨恨，到最後會問自己：「我為什麼要讓自己不快樂？」

很多人看不清楚自己的命運。我常對先生有外遇的個案說：「其實妳的潛意識一直在鼓勵他外遇，以便離開妳不喜歡的婚姻，為自己而活。」很多女人受傳統制約捆綁，為了家庭、先生、公婆而活，不敢自私，她們需要一股助力跳脫。像是平常省吃儉用不會去買鑽戒，等到先生外遇了，終於有理由為自己買鑽戒，因為先生會買鑽戒給外面的女人。這就是生命重心的轉變。

● 暈眩症是要讓人開始看到未來的茫然，沒有方向感，覺察當下的生命可能失去了重心，不知道該建立在什麼基礎上。其實暈眩症還分很多種，有時候是整個旋轉，有時候是地在動，背後象徵的涵義都不同。

15-3

得到流行病可瓦解個人的孤獨感

（《個人與群體》第一五九頁倒數第七行）許多人因自己想要，而變成某種流行病的「受害者」。很多人得到流行病是出於自己的意願，但是所有的流行病專家沒有發現這一點，只是研究無辜的病毒，光想到這一點我就覺得很好笑，關鍵在於心靈，病毒不是兇手，拼命拷問它有什麼用？

就像有個人用繩子上吊自殺，結果檢察官起訴那根繩子，法官判定繩子要處死刑，是繩子害死那個人，要發明預防繩子的疫苗，兇手真的是那根繩子嗎？不是，是這個人想死的欲望。這就是我們現在的流行病學研究。研究病毒有什麼用？

的確，如果沒收了全天下的繩子以及可用來上吊的物品，就再也不會有人上吊自殺，但是還有沒有其他的死法呢？有。因此，病毒防治和施打疫苗短期內一定有效，發明出小兒麻痺、麻疹疫苗，打下去有用，可是還會有其他病毒出來。癌症治療也是一樣，乳癌治好了，還有卵巢癌可得；卵巢拿掉了，還有子宮。

賽斯特別在講那些有危險性、卻不至於致命的流行病。有些人選擇不致命的流行病。在我們的時代，必須瞭解醫院是社區的重要部分。它們提供了社會服務就如醫藥服務一樣。許多人只不過是寂寞或過勞，有些人則是對普遍所持的競爭想法反叛。

從社會集體心理學來看，太多人工作過勞想休息，寂寞的人需要愛和安慰，於是參加集團生病。而整個社會激烈的競爭令很多人不滿，有些人不想在社會上與人競爭，就算這次勝利下一次也許會失敗，勝利者同情失敗者，失敗者則會自責。比如說，有人不想待在公家單位裡，為了一份穩定的工作，吃不飽又餓不死，不願意浪費生命，寧願餓死也要走自己人生的道路。

因此，流行性感冒變成了極被需要的休息之社會性藉口。賽斯的話字字珠璣，涵義很深。流行性感冒成為所有人認可的藉口，參與了一個集體計畫，不但可以得到安慰，還可以請假休息。而被用為挽回面子的方法，使那些人可以把內在困難藏得讓自己看不見。很多人聰明地把自己的內在困難藏起來，看似與癌症搏鬥，其實是跟自己的內在困難搏鬥，癌症只是一個沒有面對的內在困難之具體化。隱藏內在困難的人，要不是被命運痛擊，不然就是生病。我一直講，不面對絕望，就要面對絕症。

以某種方式，流行病提供了它們自己的親睦感。這麼多人得到流行性感冒，很親切，湊熱鬧參與一個集體生病計畫，瓦解了孤獨感。就像快閃族會覺得他們是屬於同一族的人，會有歸屬感。有些人從來不屑參與流行病，要病就病自己的，這和每個人的天性有關。

給那些在不同環境裡的人一個共同會合之地。流行病被用為可接受的患病狀態，在其中，人們得到了他們至為需要、卻覺得不應該得到的休息，或安靜的自我省思之藉口。這些人得到了一方面至為需要，一方面又自覺不應得的休息。很多女人結婚生子後，會告訴自己：「誰叫我當初要結婚，結了婚就要認命。」再也沒有任何理由和藉口，有時候很想稍微拋下重擔，呼吸一下新鮮空氣，卻不能原諒自己。因此，內心需要休息，可是理性上又覺得自己不應該得到，生病後終於有充分的理由停下來休息，而且能得到關心。

15-4

信任自己的天性就能信任所有感受

（《個人與群體》第一六〇頁第三行）賽斯無意於暗示對那些以此種方式捲入其中之人的任何指控。只想說明這種行為的一些理由，不是全部，因為每個人都有自己的理由，賽斯永遠考慮到個別性。

如果我們不信任自己的本質，那麼，任何疾病或微恙都會被詮釋為對健康的一種猛攻。身體忠實反映內在的心理實相。我常講，賽斯的身心靈健康觀念與當今天下派別都不同，最能與我們內在深層的地方起共鳴，上述這句話就是個例子。如果不信任自己的本質，不相信身體天生就是健康的，那麼任何疾病，像是小感冒、洗腎等，都視為對健康的猛攻，但是身體忠實反應出內在的心理實相。

我們的情感意味著一生當中我們會體驗到的情感之完整範圍。我們的主觀狀態具有多樣性，有時候悲傷或沮喪的思想提供了令人清爽的步調改變，引我們到一段安靜省思的時間，讓身體安定下來以便可以休息。情感是讓人體驗的，賽斯肯定每種情緒的正面意義，有時候事業失敗，就是要沮喪一陣子，才能好好省思下一次如何出發。

因此，任何沮喪和憂鬱的情緒都是天性。可是美國精神是人要永遠陽光、活潑開朗，以問候語「How are you？」為例，多數人的回答是：「Fine, thank you.」正面開朗沒有錯，賽斯也鼓勵大家儘量有陽光的思想，但是不是建立在否定悲傷沮喪的情緒上。成功不是把失敗排除在外，能夠失敗，而且接受失敗，才叫做成功。如果只准孩子成功，不准失敗，這孩子會活得很慘，永遠害怕自己會失敗。

要一個人永遠陽光開朗是種很大的折磨，就像要求孩子二十四小時都要快樂不能悲傷一樣，非常不自然，如果只能有春天、晴天，也會是一大災難。賽斯的人生觀多麼豁達，原來悲哀沮喪是為了讓我們生命重整、安靜省思、身體休息，重新調整荷爾蒙，正腎上腺素恢復平衡。

如果曾經無精打采，或陷入心理上或身體上的夾縫裡，這時候需要的是恐懼，甚至看起來不合理的恐懼，可以用來喚起身體。有時候恐懼也是很重要的能量、生命的自然現象。本來提不起勁，身體不想動，可是一想到不做事沒飯吃，馬上跳起來跑去工作，或是半夜想到再不做家事，會被老公休掉，這時做家事效率可真高。

如果信任自己的天性，就能信任所有的感受，而隨順這些感受的節奏與路線，它們就會變成其他的感受。所有人都要開始信任天性，透過這個觀點看待人生。理想的說，甚至疾病也是身體健康的一部分，代表了必要的調整，也追隨這個人在任何特定時候之需要。它們是在身體、精神與心靈之間互動的一部分。

這是身心靈最偉大的學說，原來疾病不是排除了健康，很多人說：「我生病了，所以我不健康，是疾病讓我痛苦不安。」不對，疾病是為了促進健康，代表身體嘗試恢復平衡的必然過程，而整個西方醫學都在打擊疾病，沒有看清楚疾病對身體帶來的服務，不瞭解疾病的存在是為了幫人恢復身心靈平衡，讓人放慢步調，生命得以完全轉向。因此，疾病不是必須除之而後快的現象，醫學從來沒有體會到這一點，我們要看穿一切的幻相。

15-5

很多人曾患重病而不自知，身體自然治癒自己

（《個人與群體》第一六〇頁倒數第二行）大多數的讀者都曾患過某種通常被認為非常危險的疾病，而根本從來都不知道。每個人身上有十數種致病的病毒，甚至曾經得到像癌症等重大疾病而不自知，幸好沒有早期診斷早期治療，一旦檢查出來反而不是好事，就完全走上一般黑暗的神話，而不是賽斯心法這條路。很多另類醫學試圖提供希望，卻也是困獸之鬥，從沒有提供真正的康莊大道。

因為身體正常且自然的治癒自己。每次一想到這句話，我都會感到蒙受恩典，身體在不知不覺中幫我們打發掉致命的疾病，真是最忠實的夥伴，簡直是靈魂神聖的伴侶。

身體全身上下都很神聖，沒有一個地方讓人覺得羞恥，我的書《在孩子心裡飛翔》也提到，很多父母會制止小嬰兒玩自己的生殖器，其實我們越用健康的心態，孩子會越愛自己的身體，認識到身體的神聖性，小嬰兒只是在認識自己的身體，生殖器官和手腳一樣都很好玩。我們的臉蛋有多美，生殖器就有多美，聽起來好像在宣揚色情，但是如果我再進

一步解釋，大家絕對會大吃一驚。全天下人類最喜歡的花就是植物的生殖器官，賞花、送花是什麼涵義呢？為什麼人覺得自己的生殖器官可恥？是人的頭腦把它色情化、骯髒化。

很多人曾患重病而不自知，身體自然治癒自己，因為那個病沒有被貼上標籤，沒有被接納為一種病況。沒有激起憂鬱或恐懼，病來了又消失。那個病還沒有進入頭腦，所以很多被診斷出疾病的人，反而被自己的焦慮和恐懼害死。我在身心靈的團療說過，癌症和感冒一樣，吃不吃藥都會好。我甚至一直在推廣一個觀念：將來如果大家學的賽斯思想更多，即使不開刀也會好。我們要以身心靈觀念來運轉身體健康，不是用之前比較黑暗的神話，一旦接受了黑暗的神話，只能尋求醫學幫助。

每個人的有些部分是與自己存在的源頭本身直接接觸。每個人天生就知道在每種情況裡都可以得到幫助。我們永遠不會被遺棄，因為我們有一部分直接與神連結，請大家把這些想法變成自己的人生觀。

也知道資訊不一定只透過肉體感官而來。那麼，許多疾病之痊癒是透過了相當自然的方法，那不只是涉及了身體的治癒，也運用了其他事件——那些跟幕後涉及的心理成分有極大關係的事件，而那些相互作用，必須在「架構二」裡找。只要認識了架構二，身心疾病可以一夜之間不藥而癒，我自己就是走這樣的道路。光有一般的知識不夠，必須真的瞭解。

以基督教的術語來說，要真的認識神，把福音傳到世界各個角落，生命因此會有最偉大的意義感，激起生命最大的熱情。

綜上所述，疾病不是排除了健康，而是健康的一部分，會讓人更健康，縱使癌症也是一樣，經由得到癌症的過程，整個身心靈狀態會比以前更好，這是很重要的觀念。

15-6

柏拉圖視架構二為理想世界，激勵人獲致成就卻也責備其失敗

（《個人與群體》第一六四頁第三行）我們出生、死亡、居住的世界叫架構一。「架構二」是我們世界存在於其中的媒介，代表了我們自己主觀生命所住之更大心理實相。架構一從架構二而來，我們的意識和肉身住在架構一，我們更深的自己，所謂靈性、靈魂的那一面，則住在架構二。

世代以來，有許多人曾對架構二略見一斑，給了它許多名字。可是，如果我們造訪一個國家，往往會以曾去過的小小地區來描寫整個國家，雖然其他部分也許在地理上、文化與氣候上都相當不同。比如說，有人到台灣來，可能只知道台北市和九份，只坐遊覽車去九份觀光，他並沒有認識台灣的全貌。

世代以來，雖然很多人能看到架構二，可是他們的描述都不一樣，有人描述成極樂世界或是地獄、天堂遊記；道家的人稱它為瑤池金母、玉皇大帝、南天門；基督教用天堂稱呼架構二，因為天堂是靈魂住的地方。大家各自表述。

那麼，那些或多或少感知過「架構二」的人，按照自己短暫的造訪去描寫它，理所當然地認為「『部分』是全體之具有代表性的樣品」。我覺得這一點為許多人帶來極大的啟發，就好像大家住在高雄的不同區，我們往往會以自己所認識到的來描述整個地方，以偏概全，以管窺天。我們對人的認識也是一樣，就如瞎子摸象，每個人摸到的部位不同，因此，每個人對實相探索和真理探討的見解都不同。

柏拉圖是個有修行的人，具有強烈的宗教情操和神祕經驗。他經常會透過佛教講的入定、基督教講的與聖靈合而為一，或是道教講的靈魂出體，而拜訪所謂的架構二，再把他對架構二的看法流傳下來，寫成《理想國》這本書。

柏拉圖把架構二認為是理想世界，而在它之內看到每個不完美物理現象之後的完美模型。比如說，柏拉圖的論述是：最完美的世界不是在我們的世界，而是在理想國裡，柏拉圖把它稱為完美的模型。像是全世界都有馬，蒙古馬、歐洲馬、西伯利亞馬，但在架構二裡有一隻全宇宙最完美的馬，全世界的馬都只是那匹馬不完美的複製品。又或者是我們這世界的人性有扭曲、偏差，但在架構二裡，人有神性和佛性，是人性之完美版本。

柏拉圖把那個領域視為永恆不變、一個完美卻冰凝的合成物，它一方面固然會激勵人去獲致成就，而另一方面，卻也責備人們的失敗，因為其成就在對比之下必定好像很卑微。

很多時候，理想國和架構二變成了人追求完美的潛意識根源，激勵人們上進，想把事情做得完美，擁有完美的外在，達到一百分、一百二十分；但對一些人來說，這種追求完美的性格造成很大的痛苦，因為無法達到心中的完美標準而沮喪憂鬱，那個完美的世界同時也嘲笑了人卑微的一生、看似差勁的失敗。真是一語道破人世間所有的失落和痛苦！

柏拉圖把「架構二」視為一個令人讚嘆的絕對模型，人所有的成果都在其中有其最初的來源。按照柏拉圖的概念，人自己無法影響那個理想世界分毫。不過，他可以用它作為靈感的泉源。柏拉圖的模型提供最完美的典範，不容變更，人無法企及。

從上面這一段，可以探討在每個人的性格裡，到底「完美」兩個字代表了什麼意義？這個世界似乎激勵我們追求完美，在運動方面要求更高、更快、更遠，在經濟上要有更多獲利，甚至還有達文西的完美黃金比例。卻有很多人在認識到自己不完美時，內心非常痛苦，比如說一個人到了某個年紀，沒有結婚生子、沒房、沒車，一事無成，就覺得自己的人生不完美了。

有人打過比喻，如果一張白紙上有個小黑點，我們可以覺得黑點玷污了整張白紙，也可以覺得黑點只佔白紙這麼小的角落。很多人會因為一個小黑點而全盤否定生命，但有些人會因為那個黑點，而感覺多了一些變化。大家要認清在自己的潛意識中，對完美的追求代表什麼意義？是激勵自己的動力，還是嘲笑著生命一切的表現？

有些古老宗教把神明的存在放在那兒，而認為每個生物的「靈」存在於那個看不到的實相媒介裡。因而，「架構二」一直被視為我們世界的來源。基督視架構二為天堂，為天父、天使、聖人以及死去的虔誠信徒所居之地。神明真的在架構二嗎？不知道。很多宗教把上帝、天使放在架構二，佛教把西方極樂世界視為肉體毀滅後靈魂所到之處，只要有人往生都接引到西方，有些古老的宗教還會畫出靈魂的往生路線圖，就像導覽一樣，讓每個亡靈按圖索驥，不至於迷路。

第16講

16-1

「外在自我」導向物質世界，「內在自我」導向內在實相

（《個人與群體》第一六五頁第六行）一度，科學家的理論認為「以太」是物質宇宙存在的媒介，後來這個理論被推翻，「架構二」是世界意識存在於其中的心理媒介。「自我」這個詞頗受爭議，而在許多圈子裡，名聲都不好。很多宗教和修行人說不能有自我，自我是罪惡的淵藪，有很多的欲望，自我是小我，要放下。

賽斯對自我的定義是：用來表達「自己」通常有意識的取向部分，它是我們對自己是什麼之有意識的版本。心理學說，人有非常多潛意識和無意識的自己。歷來宗教講有意識的覺察，就是要擴大有意識的範圍，但因為以前的人可能聽錯寫錯了，變成是要把自我毀滅掉。可是自我是個結構名詞，無法去除，就像把植物的芽摘掉，會另外長一個芽，自我是不斷生滅的過程，不可能否定自我令它不存在，每個人都有屬於自我意識的部分，那是我們意識到自己是誰之有意識的版本。

這是很精彩的形容，我們的自我被向外導到物質世界，對我們一些「無意識的活動」

也有所覺察，自我不是那麼狹隘。整個賽斯書的目的，是要擴大自我意識的範圍，甚至擴展到過去認為無法掌控的地方。例如一個人從覺得自己無力掌控身上的癌症，到變成可以影響癌細胞是否生長，這就是所謂的自我覺察；或是本來受命運的擺布，為憂鬱症所苦，無能為力一定得吃藥，突然有一天能擴大自己的覺察範圍，到達更深的意識層面，掌握到讓自己憂鬱的因子。從不能掌控變成可以左右，這叫做覺者。

自我意識是我們認之為我們的那個自己，因此，它就與我們一樣覺察到我們的夢，也相當意識到這個事實，即其存在是建立在它自己並沒擁有的知識上。我們之所以能喝水是因為心臟在跳，心臟跳是我們能決定的嗎？不能。自我的生存完全建立在它自己沒擁有的知識上，自我並沒有讓心臟跳的知識，也不瞭解如何讓肺臟交換氧氣排出二氧化碳，甚至不知道舌頭和聲帶如何振動才能發出聲音，卻可以做得很好。這就是我們提到的生命態度，最重要的是信任，沒有了信任，生命無法存在。身體健康必須建立於我們對它的信任基礎上，而不是懷疑。

就如我們有一個完全有意識、被導向物質世界的「自我」，我們也有一個導向內在實相的「內在自我」。換言之，我們有一部分完全有意識的自己在「架構二」當中。我們暫時把人切割為二，有一個自己藉由肉體有意識的醒在這個世界，而另一個完全有意識的自己住在架構二。歷來的宗教把後者稱為神性、佛性，有些靈性團體則把它稱為較高自我，賽斯把它稱為內我、內在自我。

外在自我和內在自我在夢裡不斷交流溝通

在我們普通的世界，也就是「架構一」裡面的自我，是為了配備好去處理那個環境的，它以因與果及順序性時刻來操縱，處理一個客觀化的實相。我們處理地板、桌子、空氣，這是客觀化的實相。我們的自我可以延伸自己的能力，變得比平常更覺察內在事件，但其主要目的是與「果的世界」打交道，去接觸事件。自我用來活在物質世界，感受事情發生。接觸事件是指事情發生到我們身上，比如說，我踢旁邊的人一腳，就是一個事件，他接觸到我踢他一腳這個事件，或是男朋友突然求婚，這也是一個事件。我們在架構一當中接觸事件。

我們的內在自我是全然有意識的，不過，它是我們的一部分。賽斯打破了原本的心理學，以往整個心理學只探討自我心理學，從沒有提及架構二，因為架構二的東西過去都扭曲成宗教。

內在自我全然有意識，負責處理事件的形成，而得意地沉浸在被我們特定時空具體排除的一個頗具韌性與創造性的活動裡。何謂事件的形成？例如自我意識負責被診斷得到癌症，於是在架構一接觸到這個事件。但是癌症從哪裡來？從內在自我創造出來。外在自我有壓力，痛苦絕望，而把訊息給了內在自我，內在自我負責處理事件的形成，而得意地沉浸在其創造活動裡，內在自我與外在自我合作，創造出癌症。

我們下訂單給內我，它就會給我們產品。如果下的訂單是：「我是很糟糕的人，過得很苦是活該，這個世界都是壞人。」那麼內我負責給的產品是：「你很笨，每天會遇到很笨的人，每個人都要傷害你。」內我得意於它的創造，給它訂單就會創造出對應的人生事件。如果不瞭解外在自我和內在自我密切合作，絕對參不透這一世的命運，永遠會沮喪痛苦。內我是創造能量的來源，得意於所有事件的創造，可是必須由處於物質實相的外在自我給它訂單。因此，「我創造我自己的實相」，這句話的「我」其實是外在自我和內在自我加在一起，一個創造事件，另一個遭遇事件，一定要認識到有一個創造事件的自己。

所謂的無意識是相當的有意識，根本沒有無意識這件事，卻是在另外的活動領域裡，在架構二。可是，兩個自己之間，必然有個不斷反覆溝通的心理小室，這些彷彿未區分的地區，在期間發生往復的轉譯。兩個自己在心理的小房間，經常不斷交流。內我是沒有時間的，同時在過去、現在與未來，它可以讓身上的癌症三個禮拜內惡化死亡，也可以過了三十年還生龍活虎。

因此，在夢裡兩個自我能會面，而融合到某個範圍。兩個自己不斷交流和溝通，接觸地帶就在所謂的做夢時間。做夢的我是我嗎？是我卻又不像我，這是內在的我和外在的我混合之處。像失眠的人，就是意識的某個層面和另一個層面融合度不佳，才會產生睡眠障礙。

就像在一輛夜車上可能碰頭的陌生人在交換意見，談了一會兒之後，驚奇地發現他們真是很近的親戚，兩者都在同樣的旅程上，雖然看似單獨在旅行。我們有個內在非常親密的自己，做夢就彷彿夜車上的相會，在夢裡兩個自己經常不斷交會。內在自我對我們的一切一清二楚，所以有些人會在夢中看到未來可能發生的事，有些人則看到前世很多光怪陸離的東西，夢裡時間跳來跳去，而夢裡的自己和醒時的自己不斷交流。

我提過很多夢中練習，像是醒時自己可以發出指令和建議給夢中自己，要夢中自己提供參考答案。來上讀書會的同學也許在課堂上得不到答案，可是會學到如何得到答案的方法。一旦開始認識夢，就慢慢能深入認識自己心靈的本質。在古典精神分析裡，夢的解析非常重要，夢代表了內我提供象徵給自我做參考。

16-2

內在自我藉由夢給予我們最偉大的治療和啟發

（《個人與群體》第一六六頁倒數第六行）這未區分的地帶實際上充滿了活動，在那裡做出了心理上的轉移與轉譯，直到在夢裡這兩個自我常常彼此融合起來。雖然我現在清醒，沒在做夢，但是我另一個自己仍然在作用，我醒在這裡，他醒在那裡，兩個自己都是我，在夢裡交會。

有時候我們會帶著一種短暫的興高采烈感覺醒來，或是帶著在夢中遇到了一個重視的老朋友的感覺醒來。比如說，有個太太前天知道老公要跟她離婚，本來很難過，可是一覺醒來突然覺得很高興，無法解釋。或是有人明明失業找不到工作，起床後卻很開心，感覺在夢中遇到了一位摯友般喜悅，那都是因為在夢中與內我交流了。

以一般通俗的說法，住在架構二的自己就是我們的神，是內在無意識的自己，神住在架構二，人住在架構一，人神本是一體。架構一從架構二而來，人性的自己從神性的自己而來。地球由神創造，我們也是神創造的，只不過這裡的神是指每個人自己個別的神，而每個個別的神又來自更大的創造者，叫做一切萬有。

如果有人生病了，他的神知道關於疾病的起因和所有治癒方法，透過夢、衝動、靈光一閃、強烈的直覺與他溝通。每個人一直都與自己的神不斷交流，但是自從科學興起後，人神之間的聯絡統統切斷了，科學完全否定這部分，不承認這個世界是由另一個世界創造出來的。我們這個世界有自己的來源，就是架構二，連科學家所謂宇宙大爆炸那一刻，都是從架構二來的。

夢具有最偉大的治療作用和啟發，很多人苦思了一輩子的問題，最後在夢裡醒過來突發奇想得到答案，這都是夢裡另一個內在自己給我們的啟發，那個自己自然會看顧、護佑、恩寵著我們，給我們無盡的愛和能量。如果我們是樹幹，內在自己就彷彿是底下的根，根住在土裡，樹幹住在空氣裡，兩個截然不同的世界，可是樹幹卻要靠根的營養而來。雖然我們活在這個世界，而心靈的部分則與另一個自己息息相關，甚至比我們和呼吸之間的關係還要親密。

我們不會在死後才得到靈魂，也無法把靈魂賣給撒旦，我們現在就有靈魂，那是生命的根，走到哪裡根都會跟著，不會像失根的浮萍，真正的根不在人間，而在架構二。賽斯說過，每個孩子都知道自己從別的地方來，我們不是本地人，大家都是從架構二來的外星人。

內在自我住在「架構二」與事件的實際創造打交道

我們的世界住著一些人，他們專注於具體的活動，而與那些「成品式」的事件打交道。事件是成品，已經完成的東西，比如說打電話給朋友，叫他還五萬塊，這個事件發生在身上，叫做成品。這個世界每天發生的事都是從架構二來的，架構二就是佛教講的因地，我們這個世界呈現出「果」，「因」則在另外的世界，因果各屬於不同的世界。

我們的自我與已經發生或正在發生的事件打交道，但是內在自我則住在「架構二」裡，與那些事件的實際創造打交道。舉例來說，某甲五年、十年後是死還是活，這件事情發生了嗎？還沒有，事件正在架構二創造，裡面有各種可能性，選擇權在每個人手上。

那些事件在架構二創造後再被客觀化。我們的地板、天空、牆壁、山、海都先在架構二創造好，然後搬到這個世界當作布景，就像樣品屋一樣，我們住在活生生的樣品地球，整個世界的能量從架構二而來。科學家用最偉大的望遠鏡看到的都是裝潢，看不到背後裝潢的人，科學研究的只是模型屋，沒有瞭解到我們的世界是偽裝實相，甚至連身體也是偽裝實相。宇宙的活力以樣品偽裝的方式呈現出來。

我們不是只有這個世界，這個世界由另一個世界建構出來。瞭解了這一點讓人覺得很幸福，茅塞頓開，生命突然有了意義，知道自己是誰，知道這個世界從哪裡來，再也不需畏懼死亡，不必過度留戀這個世界，以為離開後什麼都沒了，因為這個世界是架構二創造出來的架構一樣品屋，我們在樣品屋裡生活得很高興，還把它污染得這麼嚴重。

基督教說上帝花了六天造這個世界，上帝用六天的時間在釘樣品屋，把天空、地板、台灣釘出來，不只是地球，所有太空望遠鏡能看到的、坐太空船能到達的物質世界都是樣品屋，都由內我無窮無盡的創造力打造出來。

既然「架構二」的「規則」是不同的，架構二的實相完全不被我們的物理假設所限制。架構二包含地球上曾經活過或將來可能會活的每個人之內在自我。架構二不受光速的限制，同時容納過去、現在與未來，還沒來投胎的人在那邊排隊等候。架構二就是架構一整個世界的後台，所有的布景、材料、意識都由那裡來。

只要能瞭解架構二的訊息，就通達了地球的過去現在未來、生命和宇宙的奧秘，可以看到所有人的轉世，感知到其他還沒來投胎的人，這就是佛教講的漏盡通。架構二不是一個固體實質不變的東西，而是由宇宙能量顯現出來的變化，就像我打過比喻，冰塊由水構成，可是水不是固體；靈魂把身體變成固體的形式，但靈魂本身不一定是固體。

魯柏把架構二描寫成英雄式的次元，他看出原來架構一與架構二有偉大的交互作用。他並沒有透徹瞭解所涉及的創造性分枝，那時他還沒想到，我們世界的主要工作，事實上是我們在那自己存在的更廣一面裡做好的。我們的一生是先在架構二做好，才搬來這個地方，一定要開始瞭解到架構二的訊息，才能更直接參與生命的創造。

16-3

架構二是我們世界的源頭，富含著無窮盡的資訊

（《個人與群體》第一六七頁倒數第六行）具體來講，我們唾手可得某些累積的知識，那是經由歷來的口耳相傳、書的記錄及電視傳下來的客觀化資訊。現在，用電腦來幫助我們處理資訊，對具體的知識或多或少都因此可以直接得到。我們藉由感官的運用而獲得，用聽的、用看的、用摸的。在那兒，人們於某一門特定學問累積了事實，再以某種方法處理它。我們的感官每時每刻都帶給我們資訊，以某些說法，那個資訊已經按照我們自己的信念、欲望及意向無形地處理過了。

我們的興趣與欲望也用為「篩檢出某些資訊」的組織過程。在「架構二」裡可得的資訊是無窮盡的。舉例來說，假設有位國外來的同學，在台灣短暫接觸了賽斯身心靈觀念，突然有個強烈的動機，想把賽斯思想帶到世界各國，要把當地所有的華人組織起來，瞭解這些身心靈的概念，再邀請許醫師去現身說法。只要他建立起這麼強大的信念、欲望與意向，瞬間在架構二實現，因為架構二沒有時間，一個念頭出來整件事就完成了。如果有個

想要住在城堡的強烈意願，架構二馬上就出現城堡。

我們這個世界發生的事，一定要先在架構二發生，然後按照醒過來意願的強度、興趣，再決定是否會發生。也就是說，命運可以大逆轉，所有創造活動都是由架構二而來，人所擁有的創造能量源源不絕，只要有心，在可行的範圍內，一切都有可能，沒有什麼是創造不出來的。我們的未來早已存在於架構二，看似注定好了，但因為我們還沒有決定要選擇哪一個，因此仍有無窮的可能性，完全按照信念創造自己的實相。

架構二是我們世界的源頭，因此，它包含了不只是所有具體可得的知識，而是更多的。我們的生命由較大的生命躍出。我們在架構二的自己就是個人的神，我們的生命和整個世界都從那個源頭而來。

賽斯並不是在貶抑我們的世界，因為我們的世界包含了一種獨特性和原創性，那是不存在於任何別處的，沒有一個世界或存在像其他一樣。架構二是所有世界的源頭，包括古羅馬時代、所有的歷史時代、可能的世界，一切的可能性統統由架構二誕生。

內我安排內在事件，只要心懷欲望即能實現

內我覺察到所有轉世活動的我們自己那部分。內我是住在架構二的我，自我意識是住

在物質實相的這個我。當我們與內我碰面時，常常會對自己轉世生涯有一瞥。所謂開悟，就是可以在清醒狀態與內我連結，覺察到所有轉世。

內我是我們那存在於時間之外、卻又同時活在時間之內的部分。我們形成自己的實相。內我完全不受時間限制。不過，我們所覺察到的自我，顯然無法為我們形成身體或讓我們的骨頭成長。內我為我們造出骨頭，而自我可以讓它骨折。

自我意識知道如何評估世界的情況，它能演繹，我們的推理能力很重要，但光靠它不能壓送出我們的血液、或告訴我們的眼睛如何看。如果我們要能評估這個世界是善是惡，首先心臟必須能壓出血液，所有這些都由內我負責。

內我做那些帶來已決定事件之實際工作。以最簡單的說法，如果想拿起一本書，而後這樣做了，我們有意識的經驗到那件事，雖然我們對那個動作發生的一切內在事件相當不察，內我仍指揮那些活動。內我指揮我們的每條肌肉、肌腱、手指頭，像中風的人雖然內我還在，可是肉體已經無法再指揮，所以行動困難。

如果我們想改變工作，而心懷著欲望，一個新工作就會以完全同樣的方式進入我們的經驗，因為內在事件會由內我來安排。如果想改變工作，唯一要做的是懷著欲望，把心敞開，內我會收到欲望，自動搜尋一個龐大的網站，如果搜尋不到，還會幫忙醞釀出那個工作。整個過程就彷彿心懷著念頭，想拿起一本書，然後就拿起來了；同樣地，如果想轉變生涯，又剛好具有內我和信望愛的概念，那麼新工作會以完全同樣的方式進入經驗。內我會創造新工作機會，有時候我們不見得會接受而採取行動，或是有時候我們很努力採取行動，卻適得其反，因為整個內在事件會由內我來安排。

一個身體上的事件涉及了許多肌肉關節等作用，隨便做個動作，像是舉手就要動到上百、上千條肌肉，我們並不知道背後的運作。一件事發生涉及到很多人，比如說我要中樂透，表示很多人不能中。

就如涉及工作改變的事件，也關係到許多人的動作，並且暗示了所有牽涉到的全人類內我溝通網。我之前說過，發生在某個人身上的事，都是經過他同意而且是他想要的，全世界每個人也都同意了，這是指在內我層面同意的。

不管是要結婚、轉換工作、移民到洛杉磯，只要心懷著強烈的欲望，不久後，機會就來敲門，但是機會是留給準備好的人。假設某甲有個欲望要移民到洛杉磯，看似不可能，也許過一陣子，他會認識一個朋友正打算移民到那裡，邀他一起過去。

自我和內我應該搭配合作，一個負責產生意念、信望愛，一個負責創造實相，機會來敲門時，要能認出它，因為命運總是以意料不到的方式來臨，巧妙地貼近了我們內心的欲望。

16-4

內在與外在自我間的溝通應該清晰而開放

（《個人與群體》第一六九頁第七行）一個具體的群體事件，暗示了一種在比例上會把我們科技溝通比下去的內在溝通系統。再次的，一個人可能不知不覺染上一種病又恢復了，卻從來沒有覺察過自己的毛病，而被治癒是因為一連串似乎與那個病本身毫無關係的事件，比如說，突然參加了讀書會。在架構二裡，內我知道每個人患病及其痊癒的理由，帶來會彌補那狀況的適切情境。內我多半在不知不覺中，幫我們打理好一切。

可是同學會問我：「既然內我這麼好，會幫我解決所有的一切，為什麼我還是生病了？」

我回答說：「因為你堅持想要，內我只好配合。就像孩子想買摩托車，媽媽明知道很危險，還是勉為其難買給他。」

我們日常生活中的不幸和疾病，內我統統知道，早在疾病診斷出來之前，它就幫忙打發了這個病，像是突然喜歡喝茶或學瑜珈，練完瑜珈病就好了，還交了很多朋友。內我不只是打發疾病，也會指引我們，讓整個生命轉變。在過去，宗教就把內我叫做神，神永遠愛我們。

當沒有事阻礙復原時，這種事情就會自動發生。我覺得很遺憾，現代醫學從沒給大家身體會自動復原的觀念，不強調身體的自我療癒能力。就其本質而言，一間偉大的醫院是患者一走進去，醫生說：「你有偉大的自我療癒能力，雖然你現在生病了，但我們來幫你啟發自我療癒的能量。」相反的，現在的醫院都在機械操作，沒有開啟人內在心靈的力量，甚至剝奪了病人的力量感，讓他們誤以為只能靠偉大的醫學來拯救。

賽斯說，如果不受相反的信念阻礙干擾，任何人類的身體都可以輕易地從癌症復原，不再復發，這也包含了愛滋病。很多愛滋病患者本來就自暴自棄，對真愛絕望，又得不到父母的諒解，一旦診斷出愛滋病，簡直就成了壓垮駱駝的最後一根稻草，如此一來，怎麼可能復原？其實愛滋病的解藥早就發現了，只是我們沒有用信念開啟復原的動力。就身體的實相而言，一切都沒有問題。

我有個心願，希望能幫助這些愛滋病患者，就像幫助癌症病患一樣，把全世界生病的人統統帶到賽斯村，用一套完整的身心靈概念幫他們思想移植，像到了世外桃源，在那個世界，用完全不一樣的思想概念出發，大家會復原得很快。

內在與外在自我之間的溝通顯然應該盡可能地清晰而開放。做禮拜就是為了讓內在自我與外在自我溝通，入定和打坐也是。可是現代人都像失根的浮萍，人類把自己宇宙的根源切斷了，不認為我們的世界來自架構二，也不認為自己有靈魂，不瞭解有個永遠愛我們且密不可分的內我。

這種集體失落的人生觀和價值觀，導致許多人得到憂鬱症，一受到打擊就得到癌症或想自殺。我們找不到自己存在的根，快樂瞬間即逝，一下子又陷入虛無和苦難，不知道生命何去何從，失去了存在最深的意義核心。

年輕人問：「我活著為了什麼？只是功課好，將來在社會上有份工作養家活口，在辦公室吹冷氣賺錢嗎？生命是否有更高的意義？」生命的確有更高的意義，可是翻開生物課本，遺傳學、生物學只會說適者生存，競爭不過別人就要被淘汰。我們不想要那種生存競爭的世界，希望透過賽斯思想幫大家找到自己存在的意義，找到生命真正的根，瞭解生從何來死又何去。

內我依靠我們對具體事件的估量

一般而言，內我依靠我們對具體事件的估量。對具體事件的估量就是我們送給內我的訊息，內我必須依賴我們對現實的評估。以前是人要侍奉神，現在的觀念改變了，神為了侍奉人而存在，人神密切合作，如果上帝造出一個不會生病的身體，我們就學不到東西了。身體由內我造的，內我必須依賴我們對身體健康的信心，來決定是否要給我們健康的身體。

我們對生活隱私面的關注以及在群體事件中的參與，都與我們對具體情況的評估以及對它的信念與欲望極有關係。一個人認為人性本善還是本惡，這一點對他自己最重要，因為他就會活在人性本惡或本善的世界裡。

賽斯舉個例子，如果我們想寫一封信，就會去做。在我們的欲望，信念及那個行為的實行之間沒有衝突，因此那個行為本身順暢的流出。如果為了某個理由，經由一個對我們現狀差勁的評估，我們相信這樣子的行為是危險的，那麼我們就會阻礙在欲望與實行之間的那個流。由內我開始的那個創造之流會被阻礙。

比如說，一個媽媽認為如果做自己、在假日出去玩，就表示她不負責任，此時她對現狀有個差勁的評估，相信這樣的行為很危險，那她就做不了自己，可是想做自己的欲望卻又如此強烈，所以就生病了，問題在於她對現狀差勁的評估。

- 不管是轉換工作或創造想要的實相都很容易，除非用相反的信念阻礙它。因此，我們

第一步要回去認清自己，內在到底有多少矛盾衝突？多少複雜的信念系統？因為每個人的內我都被弄得暈頭轉向，由內我開始的創造之流如果受阻，就會生病。

16-5

很多資訊透過夢境、直覺和第六感而得到

神話是一組用來看待實相的信念，這裡賽斯舉出我們這個時代幾個重大神話的謬誤，目前看待生命的主要觀點，並沒有提供生命解答，已經開始造成大家的苦難。

（《個人與群體》第一七三頁第六行）比如說，所有的感知與知識必須透過肉體感官而來到，我們以此神話來詮釋經驗。這是當前教育主要的觀點，意思是一定要透過肉體感官，才能得到知識和聽到東西，這個神話否定了兩個心靈現象和本質：第一個是人的第六感，第二個是人的內在感官。

感知與知識都得透過肉體感官而得的想法，是外在化意識之神話，人家告訴我們，這個意識只有在面對這個世界才是開放的，而在我們出生前是封閉的。那個神話說每個人的意識的確可以沒有源頭，意識不只在生前死後無法存在，也無法獲得非由肉體感官得到的知識。

可是我一直講，人首先是心靈的動物，然後才是肉體的動物，存在並不受限於肉體，

意識離開肉體後一樣有聽覺，仍然可以存在。縱使我們有肉體時，主要的學習也不需經過肉體，而是在夢境中、直覺或內在感官層面。但是我們這個社會的主要神話否定了這一點，人的存在變成只透過肉體而生存。

就是這個神話最為阻礙了我們的瞭解，而把我們關在與我們最密切相關的那些事件之更大本質以外。這個神話也使得我們自己與群體事件的關連有時顯得不可理解。認為只能透過肉體感官而覺知和存在的神話，切斷了人類內在心靈的能力。

許多群體事件彷彿沒有道理，因為意識複雜的內在通訊系統完全沒有被認識。很多人無法瞭解這個世界發生的事情和集體事件，像是為什麼會得到癌症？為什麼孩子在上學途中會發生車禍？為什麼會接到勒索電話？因為我們沒有去探討內在的感知，很多資訊不是經過肉體感知而來，而是經由直覺和第六感。

內我不但有意識，還比自我更有彈性及知識

「內我」是很完美的。賽斯一再強調，「無意識」的確是有意識的，賽斯說內我有意識時，是指它的推理並不是無理性，它的方法並不混亂，內我的特性不但相等於那已知自我的特性，還比自我更有彈性及知識呢！人的外在自我在物質世界架構一活動，架構二則

是整個物質世界的根源，就是內我。每個人的內在自我都有神性和佛性，內心知道的遠比我們以為的更多，不只能透過眼耳鼻舌身學習，還能得到很多內我提供的知識。可是因為現在的社會並不承認這一點，所以人類從內我那邊得到知識、指引、安慰、愛的管道，幾乎都被切斷了。

以前這些東西存在過，像宗教就把每個人的內我神格化，某個人會說得到神的啟發、神要他從事哪個行業、去廟裡抽籤得到神明的指示等，把種種從內我意識得來的信息，解釋為神明的啟發。人類遺失了最重要的心靈資產，也就是內在自我。因此，自我意識感覺孤獨寂寞，顯得很無助，遇到困難沒有人可以解答而陷入憂鬱。

● 整個賽斯資料要讓人類開悟，再次與內我連結，直接從內我得到安慰和指引。縱使自我意識有科學當靠山，但光憑自我意識絕對無法解決問題，科學可以帶來財富，卻不能提供安全感和快樂，真正的安全感和快樂還是得從內我意識來。

16-6

自我與內我意識不斷轉換，能量也彼此轉換

（《個人與群體》第一七四頁第七行）「架構一」與「架構二」顯然代表了不只是不同類的實相，也代表了兩種不同類的意識。架構一發生的事都由架構二而來，我們醒在架構一使用自我意識，在架構二運作時使用內我意識，兩個意識連結在一起，但現代人失落了自己的內我意識。

某些狀態是兩個意識混合的地方，賽斯舉了三個例子，睡眠、做夢及某些出神狀態。出神狀態可能是指一種意識的轉換、入定或是精神提升的狀態。在這類狀態裡，我們與內我連結，基督教稱之為聖靈充滿，覺得聖靈進入身體，上帝在與人溝通。而在現代的社會，如果有人身上出現這類現象，可能被診斷為精神分裂症，因為我們這個社會不承認人可以不經由耳朵聽到聲音，要是旁邊沒有人說話，卻聽到了聲音，就叫做幻聽，會被視為精神異常。

兩種意識不斷轉換，能量也彼此轉換。自我意識經常處理很多資訊，包括由電視、廣

播而來的新聞報導。但每個人的內我可以通到數量更大的知識。內我與一個遠較龐大的資訊網連結，理論上，只要一個人能通達內我，就能通達全世界所有的資訊。

內我不只覺察到自己個人的地位，就如我們自己一樣，而且也熟悉它的實相之群體事件。內我密切的涉足我們個人經驗之創造。我們這個世界的主要學問，科學、心理學、醫學等，都否認內我意識的存在，無法引導人接觸內我，只會進一步削弱個人的力量。所以我們不瞭解生命中為什麼會發生這些事？不瞭解為什麼會投胎到這個爸爸酗酒打媽媽的家庭？即使是一個輔導這類家庭的諮商人員，頂多只知道有家庭暴力，孩子受到心理創傷，但無法探求到靈魂層面，因為心理學認為人沒有靈魂。其實人是依據自己的靈魂藍圖選擇投胎的家庭，及自己創造的實相。

內我超越時間，可以預知未來改變過去

內我會推理，但不受限於因果的限制。內我本身超越了時間，可以預知未來、改變過去。在內我的層次上，能經常回頭重塑過去，只要自我與內我結合，每個人就可以真的發揮「威力之點在當下」的力量，改變過去現在與未來。

內我在「架構二」比較廣大的範圍內行動，解釋了許多在我們世界裡本來彷彿毫無道

理的很多事件及似是而非的巧合。我們身上發生的一切都不是巧合，而是完美計畫的結果，看不懂實相本質的人會覺得亂七八糟，看得懂的人會知道每件事都有完美的解釋。

比如說，隔壁王先生看起來好好的，退休不到一年怎麼往生了？樓下陳太太前幾天出門怎麼被搶劫了？孩子怎麼突然得到憂鬱症？或是自己去年健康檢查還很好，今年怎麼得到末期肝癌？太多事讓人不可置信，人生受到打擊，充滿無常與意外，找不到答案，對接下來發生的事毫無招架之力。

自我意識源自於內我意識，現在人類的自我意識與內我意識斷離，失去了內我意識提供的安全感，讓自我意識不斷被外在事件迎頭痛擊，擔心未來會失業、配偶有外遇、沒錢養小孩，對未知充滿了恐懼，彷彿每件事都出乎意料之外，讓人措手不及，因為我們看不出整個世界運作的脈絡。現代科學和心理學背後的神話大錯特錯，無法幫助大家認識生命的本質，要是不瞭解有個內我意識住在架構二，且涉及了實相的創造性本質，會永遠戰戰兢兢。

像我們許多的夢都是一種轉譯，在其中，「架構二」的事件以象徵形式出現。很多我們世界裡不合理的事或巧合，在架構二都可以完全瞭解。現代人對自己的夢太不熟悉，不熟悉夢境就表示不熟悉架構二、不瞭解自己。

第17講

17-1

心理學只研究如水果皮的自我意識，少了果肉般的內我意識

（《個人與群體》第一七五頁第七行）在任何特定一天，每個人的生活事件都符合它存在於其內的世界事件之較大模式。而晚上的夢中生活，也是在世界之夢的較大範圍裡。每個人白天都有個人的生活，也許某甲早上去上班，某乙去游泳，分別過著自己的生活，但同樣活在這個世界和群體實相裡，與其他人的個人生活連結在一起。夜晚也是如此，雖然每個人做著個別的夢，其實也活在同一個集體的夢世界裡。

很多人類的主要學習都從夢中開始，孩子先在夢裡學會走路說話，才能在一歲多就會走路說話。賽斯說過，很多人都在夢裡面接受嚴格的訓練和學習，不只是一天、兩天，可能持續好幾年而不自知。

我們目前的心理學，甚至精神醫學，研究的意識是像水果閃閃發亮的外皮，裡面卻沒有果肉。自我就像閃閃發亮的果皮，可是整個內在的果肉是空的，因為人類的自我意識失去了存在的根源。

以那種說法，每個人只體驗到自己一半的意識，與肉身、架構一調和的那部分。果樹有根，我們卻沒有給這意識存在的根據。因為科學家說，宇宙是粒子碰撞大爆炸而來，又說肉體之所以存在，是原子和分子運作才產生意識，肉身之外沒有獨立的意識。因此，全世界人類透過這種神話看待生命，失去了與內我意識的連結，造成社會如此混亂。

心理學家榮格提出的集體無意識，是想給我們世界其心理上的根之一個企圖，雖然在很多心理學的圈子裡，榮格被視為大師，但是榮格的功力不夠，無法感知集體無意識本身存在於其中的那個清晰性、組織性及更深脈絡。榮格提出集體無意識的概念，但卻沒有了悟到架構二，沒有提出一個像柏拉圖理想國這樣的理論，就像是告訴大家每棵果樹都有樹根，可是這個世界沒有泥土，而根必須長在泥土裡。賽斯在這裡提到，我們的物質宇宙來自於內在不可見的心靈宇宙，叫做架構二。

內我與可能性打交道，自我意識再從無量的可能事件中選擇

「架構二」與「架構一」的實相是以不同方式組織的。在「架構二」當中，推理過程快得多，不需要經過時間，在「架構一」裡，我們要透過頭腦思考，靠演繹來運作，內我的推理則涉及了所有經驗的創造性發明，它密切的與可能性打交道。在每個人的內我意識

當中，生命是可塑的，有很多的選擇，最後再落實於具體生活中。

●每個人都有內我意識，它就是自我意識的根源，也是個人的神，所有人的生命都不孤獨，不論到哪裡去，都會受到內我意識恩寵與眷顧，從不曾被遺棄。內我意識不但瞭解活在這個世界的我們，也知覺到所有的轉世，我們的生命來自於它，在物質世界裡的一生也來自於它。比如說，有人得到癌症，這件事也是從內我來的，因為他產生絕望和痛苦，內我幫忙創造成癌症。

內我看見我們生命遇到的痛苦，而且會提供答案，但是現在人類的自我意識很聰明，發明了很多的理論否定內我的存在，切斷了從內我那邊可得的愛和溫暖，於是人在心理上覺得孤獨，肉體上體弱多病，得到莫名其妙的傳染病和癌症。我們的意識被迫孤獨地面對外在實相和一生，似乎沒有人可以給答案，也沒有人瞭解我們，其實真正愛我們的內我意識一直都在那裡，無條件地支持我們。賽斯思想不是要形成新宗教，而是試圖建立起一個新神話，改變所有人的經驗，以得到來自內在及外在的溫暖和愛。

每個人以信念與意圖告訴內我，在無量的可能事件中我們想遇上哪一個。自我意識負責產生思想情感、信念意圖，傳送給內我後，內我負責創造出無量的可能性。因此，每天都有無限的可能，例如今天早上我打算被搶劫、在路上撿到一千塊、在便利商店遇到老情人；或是最近遇到挫折，想出去旅遊，遇到一對善良的老夫婦來鼓勵我，為什麼？因為他們是我前世的父母，內我預先幫我選擇，我順著直覺走這條路，遇到了他們，在短暫聊天後，我突然覺得世界好溫暖，有了再出發的勇氣。

過去、現在與未來的所有可能性，內我都創造好了，只等著我們從無數的事件中挑選白天要發生的一切，現代人的自我意識完全不知道這部分，我現在教大家的是生命中最重要的東西，關係到存在的本質及每天發生的具體人生事件。

17-2

所有動植物、原子分子及粒子都會「做夢」

（《個人與群體》第一七六頁第八行）在夢境，由兩個架構來的事件都被處理。夢境當中的意識是自我意識與內我意識的混合，也包含了兩個世界事件的混合，有些夢像是醒時事件，有些夢則模糊不可理解，那是由於架構二的規則不同，我們沒有具備瞭解的能力。

夢境不只牽涉到存在於兩個實相架構之間的一種意識狀態，卻還牽涉到一個連接的實相本身。賽斯說做夢非常重要，人類甚至透過做夢瞭解自己存在的根源。簡而言之，我們透過做夢連結架構一與架構二，每天晚上在夢境中自我意識會碰見內我意識。內我意識會告訴我們很多生命的奧秘與洞見，指導我們如何做決定，提供愛與安慰。

很多人以為睡覺是身體休息，其實不然，睡覺時心臟還是在跳，肝、肺也沒休息。睡覺是處理意識上許多問題，讓我們回到內心世界，從內我意識得到大量的安慰、愛、與未來的方向，一早醒來，又有了活下去的希望。之前提過，做夢就像與夜車上的陌生人有個簡短的交談，而發現彼此真是很接近的親戚，那個陌生人就是內我意識。

有些人在白天醒時，會透過直覺、第六感遭遇到內我意識。比如說，《與神對話》這本書是尼爾的內我透過他來寫書，但是《與神對話》的神是尼爾的神，不代表一切的神，每個人都有自己的神。與神對話代表每個人都要與自己的神性世界接觸。神性意識住在架構二，就是屬於個人化的神，可以向祂祈禱、迷失時尋求指引、得到愛與安慰，祂不但瞭解一切因果，還把能量轉成物質創造我們的肉身。

賽斯強調所有種類的植物與動物生命都會「做夢」。這同樣適用於原子、分子及任何「粒子」的「心理活動」。賽斯很有趣，講一下心理學，又講一下科學。每個原子、分子及粒子都會做夢，樹也會做夢。先有夢世界，才產生這個世界。那麼，有所謂行為的強度，所有的自然現象都是任何生命或粒子內在活動的結果，我們這個世界是所有意識的合作性冒險。我常用合作性冒險來解釋整個家庭，像夫妻、親子關係都是合作性冒險。

由於這個世界錯誤的神話，讓科學家認為大地不愛我們才會有地震把人殺死，賽斯說，大地不想地震，是人與大地進行一場合作性冒險而引發地震，大地是愛人的，並沒有一天到晚在地震；氣候也是愛人的，不管四季如何輪替，都沒有把人類熱死、冷死。大地、氣候就是我們心靈的父母，宇宙對我們始終有著最深的愛。

但是科學最害怕的就是愛，科學用客觀精神研究原子分子，否定原子分子之間的愛，也否定了意識間的合作性冒險。於是世界成為機械模式，而非充滿愛的合作性冒險。大地的源頭與內我意識相同，賜予了所有生物和人類的生命，但人與大地之間的愛被切斷了。其實世界充滿愛的能量，河川是愛，大地是愛，果樹是愛，動物是愛，植物是愛，每種生物間都有愛的能量交流。

17-3

先熟悉事件本身在其內形成的媒介，才能瞭解事件與其他人的關係

（《個人與群體》第一七七頁第九行）要真正瞭解每個人遇到的事件，以及這些事件與其他人的關係，必須先熟悉事件本身在其內形成的媒介。像有些人想要問三世因果，想知道為什麼這輩子會和這個人結為夫妻，或是為什麼會與那個無緣的人糾纏不清，到底生命中的一切有沒有因果？為什麼命運走這個方向？有沒有理由可以解釋？所有人都很好奇，究竟是怎麼一回事？賽斯提供了一個修行的法門，就是要瞭解事件本身在其內形成的媒介。

舉例來說，「偶然」在我們的生命裡扮演什麼角色？例如，有人到得太晚而趕不上飛機，後來卻發現那架飛機墜毀了，算不算偶然？也許他們會遲到是由於最後一刻與一位朋友的「偶然邂逅」、或因為機票放錯了地方、或因為彷彿毫不相干的交通阻塞所引起。有些人曾經成為一齣天災戲劇的一部分，或由於其他看似偶然發生的事件而躲過了它。然而，那些看起來像是偶然或巧合的事，實際上卻是活躍在「架構二」的心理實相裡令人驚異的組織與通訊結果。

從架構二來講，所有發生在我們身上的事都不是偶然。如果對架構二的心理實相有足夠的瞭解，會對每件事透徹明白，甚至對未來的命運有大致的認識，不會慌亂與茫然，可以重新創造自己的命運。

再說一次，我們形成自己的實相，但怎麼形成的呢？每個人的存在又如何彼此合作而形成了世界事件？接下來進入第四章，專門講「架構二」的特性。是一個對肉體取向的意識所居的媒介之創造性分析，以及事件之來源。透過對內我意識和架構二的瞭解，能達到過去人類所謂的「天機」，對整個世界過去、現在與未來的命運有更深的覺察和把握，進而認識自己的生命藍圖和本質，對未來更有信心與勇氣，再也不需要去算命、研究星座了。

每個生命都有崇高的目的

賽斯繼續談到這個世界幾個謬誤的神話。首先，（《個人與群體》第一八〇頁第三行）單單是物質元素的偶遇不會產生意識，或使得意識成為可能的條件。因此，原子與分子的碰撞、或有機體的運作不會產生意識。如果我們認為這個世界的存在與它偉大的自然光輝，是透過「偶然」的贊助，那麼，這個世界好像不可能有更偉大的意義，因為世界的「活化起來」被視為沒有在它自己之外的來源。

賽斯認為每個生命來到這個世界，都是為了一個崇高偉大的目的，而這個世界的存在，也有一個神聖崇高的目的，並不是意外製造出來的。每個孩子來投胎都不是意外，而是來自更大生命的賜予，每件事背後都有偉大的意義和理由。來投胎當我們孩子的生命，不是偶然相遇，一切都是靈魂完美安排的計畫，有很深的涵義，我們要了悟與覺察。

那麼，被假設把生命帶到我們星球上的偉大「偶遇」神話，就預設了單單由偶然而活起來的個別意識。賽斯覺得這麼偉大的意識，竟然會假設自己是偶然誕生的，實在太不可思議了。

我們的科學預設了這個世界沒有偉大的來源，否認了每個生命有內在的源頭，讓所有人認為地球上的生命都來自意外，導致集體人類迷失，不知道存在還有更高的目的。由於我們的文明以此假設為基礎，所以人會意外得到癌症、意外發生車禍、意外嫁一個不想嫁的人，對每天各式各樣的意外無能為力。出生在這個家庭沒有意義、婚姻的受苦沒有意義、賺錢奮鬥沒有意義，到後來覺得活下去也沒有意義。

如果生命的起源是沒有意義的碰撞，那麼人會覺得一生只是夢幻泡影，不論成敗，所有的努力都沒有意義。而在賽斯思想裡，告訴大家生命來自一個有意義的創造，我們有個偉大的內我意識，為了體驗愛和創造來到人間，人間發生的一切都散發著神聖的光芒，生命中的喜怒哀樂都是體驗，每個片刻都是了不起的傑作，彌足珍貴。縱使生病都有其偉大的意義，要是看不到意義，只會把病交給醫生，然後怪自己莫名其妙得這個病。

這是現在人類的大哉問，如果生命的起源被預設成無意義，整個大生命裡的個別意識會失去方向，不知道何去何從，存在或死亡都毫無意義了。

17-4

物質宇宙及每個人的意識都有個非物質的源頭，如今仍偃臥其中

（《個人與群體》第一八〇頁倒數第四行）我們整個文明的神話說，大自然除了要存活下去之外，沒有別的意圖，它對個別的個人漠不關心，只在乎個人是否有助於種族的延續。那麼，自然在它的運作裡就顯得與個人無關。大自然只是為了生活下去，人感覺不到大自然神聖的光輝及大地之母對個別意識的愛與溫暖，這個宇宙很無情。

我們的科學說，大自然就是生存競爭，人必須努力求表現以免慘遭淘汰，淪為次級品、瑕疵品，被丟到焚化爐焚燒。我們的人生變得痛苦了，好像如果不跟人家競爭、不求生存，活著就失去意義，你爭我奪的結果是：我家的孩子要跟隔壁的孩子競爭、我的先生要跟別家的先生競爭，誘發出人性的醜陋面，無法展現人性美好的特質，人與人之間真正的愛也無法浮現。

因此，很多人不相信別人會無條件付出，不相信有人會發自內心樂意助人，而是預設周遭每個人都有目的、心懷鬼胎，無法敞開心房，充滿不安全感，永遠在防衛。很多人的

世界觀是人與人互相利用，唯一能做的就是儘量公平利用，看不到一個以愛為宇宙動力之生物本質。可是抱持這種觀念的人心早就死了，在這個模式底下，有一天身邊的某個人沒有了利用價值，就會把那個人拋棄掉，或是有一天自己失去利用價值，也會自我了結，活不下去。

這是現代人的悲哀，從來沒有瞭解心靈的本質，也沒有建立以愛為出發點的世界觀。以蜜蜂和花為例，如果從條件交換的角度來看，只會覺得蜜蜂在利用花朵，花朵為了利用蜜蜂傳遞花粉，散發出香味讓蜜蜂採蜜；但如果從愛的互助合作來看，花朵是為了感謝蜜蜂傳遞花粉而給牠花蜜，兩種出發點有天壤之別。

● 很多父母也以利益交換為出發點養育孩子，他們認為：「我養育你，你要聽我的，要讓我有面子，功課怎麼可以不如別人？」這個模式最後一定導致悲慘與不快樂，一切以利為出發點，於我有利我才做，於我無利不關我的事。凡自私的人必定自食其果，生命最後都要回歸自己，因為這個世界沒有僥倖，我們給出去的都會回到自己身上，吝於付出的也不會得到，占不了任何便宜。

我們的物質宇宙有一個非物質的源頭，而如今仍然偃臥在這個源頭之中。大自然的每朵花、每隻蜜蜂和蜘蛛，都有神聖的內在來源。同樣的，每個人的個別意識也有一個源頭，至今仍偃臥在這個源頭之中。如果不明白這一點，就找不到生命的意義，會不斷迷失和受苦。一旦找到了，會流下感動喜悅的淚水，覺得終於回家了，全然被瞭解，回歸心中真正的寧靜，不再流浪孤獨，而見到了實相的本質，知道一切的源頭，原來生命有了依歸，受到護持。

● 有了這種了悟後，會看出個別生命存在的價值，瓦解自我狹隘的相互利用觀念，撤掉了害怕受傷、為了生存競爭的保護傘，回到心靈真正的家，把心打開，與世界源頭及每個人連接，不再產生區隔阻礙，不再匱乏。感覺世界如此可愛、有意義、豐富溫暖，感到內我意識與世界一體。找到了超越一切世俗的身份，找到了架構一背後的根源，整個存在進入另一個境界，從今以後再出發的動力，都不是以世俗成就為指標，心很篤定，不再慌亂沮喪。

17-5

神仙教母就是內我意識，幫我們實現願望

（《個人與群體》第一八一頁第四行）架構二代表了我們這個世界的內在領域，存在的內在次元。那維持我們活著、補給我們思想的能量與力量，還有照亮我們都市的能量，全都在「架構二」裡有其來源。賽斯要魯柏和約瑟把「架構二」的概念記在心裡，以更多的自信去運用，而再次對那些一直在發生的「巧合」變得警覺。把心打開，成為過去不敢成為的那個自己。架構二要靠信心運作，不要再對自己更大的生命抵抗，而把自己的生命與大自然區隔了。

在第八二四節裡，賽斯提到童話故事灰姑娘，大意是說，灰姑娘的後母帶來了兩個姐姐，媽媽把所有的愛和資源都給了姐姐，每天叫灰姑娘做很多家事，爸爸也不曉得女兒在受苦。有一天，王子要辦一場盛大的舞會，後母把兩個姐姐打扮得漂漂亮亮去參加，灰姑娘也很想去，可是後母不允許，後來她許了願，神仙教母出現，把南瓜變成馬車，給她漂亮的衣服，告訴她十二點之前一定要回來，否則一切會恢復原狀。賽斯以童話故事為例，

提到架構一與架構二的關係，人如何與內我意識達成接觸。最偉大的道理就在日常生活中，每個孩子都知道，只是我們沒發現。

（《個人與群體》第一八四頁倒數第三行）首先，灰姑娘的故事有個快樂的結局，而照許多教育家的說法，這是非常不切實際的，因為它沒有適當的使兒童準備好面對人生不可避免的失望。判定人是否長大好像有個指標，就是再也不相信童話或耶誕老人的存在，而開始不看瓊瑤的小說，就表示不再是少女了。所有的童話統統不切實際，教育專家會說，這個故事根本是讓孩子活在自我幻想裡，因為成人世界並非如此。

很多人愛看好萊塢電影，但也有不少人覺得膚淺，總是好人得勝、壞人失敗、希望戰勝了絕望，那些快樂的結局與現實人生不符合。他們看到現實生活裡，總是壞人得勝，好人失敗，惡勢力抬頭，好人沒有立足的餘地，似乎活得很悲慘才符合殘酷的現實。

這裡提到神仙教母絕對是小說家想像出來的事，許多嚴肅、誠懇的大人會告訴我們，做白日夢或許願毫無用處。在灰姑娘的故事裡，女主角雖然窮，地位又低，卻設法達到了一個圓滿而似乎不可能的目標。她想要參加一場華麗舞會而見到王子的願望，發動了一連串的神奇事件，沒有一樣遵循著理性的邏輯定律。那突然出現的神仙教母，利用日常生活中的普通物品，將南瓜變成了一輛馬車，並造成了其他同樣神奇的轉變。

這故事一直對兒童有吸引力，因為兒童認出其後的合理性。甚至改編為成人版的灰姑娘，像是電影《麻雀變鳳凰》、《麻雀變公主》等，這類故事總令人著迷。兒童對架構二有個先天的知識，一旦脫離了對架構二的認識，整個人類就開始進入殘酷的現實、悲慘的命運。

神仙教母是「架構二」個人化成分之一個富創意的人格化，簡單來講，神仙教母就是每個人自己個人化的神，也就是內我意識，像是阿拉丁神燈裡的神燈。從有歷史以來，童話故事裡都有個類似神仙教母的角色，那是在架構二裡的內我意識，神奇地來回應我們的願望，運用一連串的手法轉變了我們的生命。

每個人都是哈利波特，賽斯書就是無形的魔法棒

為什麼《哈利波特》會風行全球？它提醒了每個人都有魔法，霍格華茲學院是在架構二，這並不是幻想的故事，忘了自己從架構二來、忘了自己可以施魔法的人就是麻瓜，麻瓜注定要痛苦，找不到生命的意義、要得到憂鬱症、癌症。

縱使主流的科學全盤否定了意識的根源，可是內在的直覺卻透過種種的電影和小說，一再地提醒我們存在的本質，很多人卻認不出來，只把它們當成童話來看，不瞭解《哈利

波特》是在講「內我」的故事，哈利波特也是現代版的灰姑娘，他原本住阿姨家，後來整個生命神奇的轉變了，透過對架構二的認識而發現了生命的本質。

我們每個人都是哈利波特，能施魔法讓自己生病，同樣也能施魔法讓病痊癒，只是我們還沒有找到手中的魔法棒，而賽斯書就是無形的魔法棒，提醒了我們內在與生俱來的智慧與能力。

神仙教母是「內我」的一個人格化，起來幫助肉身的自己而回應其願望，甚至當這肉身自己的意圖看來並不符合正常人生的實質架構，甚至平凡、普通、無害的環境就突然變得充滿了一種新活力，而好像對所涉及的那個人「有利」了。一旦啟動了內我、神仙教母的力量，而且懷著很大的信任，生命就會神奇的轉變，從殘酷的現實變成可以創造出想要的實相。

一直有個神仙教母在回應我們內心的需求，看護著我們，從來沒有離開。基督教也是由此而來，所謂的基督、上帝，就是架構二裡內我的人格化，所有宗教都在訴說著架構二的故事。但是按照賽斯的觀念，只要形成了宗教就是扭曲，因為宗教試圖形成組織控制教徒，可是真正偉大的思想會解放每個人，讓人找到自己，而不是透過宗教組織控制人。

17-6

兒童很清楚是自己召喚了發生在身上的事

（《個人與群體》第一八五頁倒數第六行）如果我們正在看這本書，就已經老到不會記得幼年時經常不斷的幻想。可是，兒童自動地知道得十分清楚，他們很強烈地參與創造出那些「對他們發生的」事件，而後那些事再彷彿對他們發生。對每個兒童而言，會知道發生在身上的事其實他參與其中，而後那個事件再彷彿對他發生。因此，所有的兒童專家幫兒童做心理治療，都是適得其反，這些心理學家不瞭解兒童心智的本質，總把兒童認為是沒有能力的受害者，其實兒童的心靈能力非常強大。

兒童經常做實驗，而且相當秘密的，同時，長輩試圖叫孩子順從一個既定的、為他們大量生產出的堅固實相。兒童直接參與發生在他們身上的事，假設一個兒童感冒發燒，他知道是自願的，生病是因著他的呼喚而來。發生在生命中的所有事件，無論好壞，也都是因應我們的召喚而來，只是我們已經不熟悉這個過程了，於是對於自己的命運顯得很陌生。在我的心理治療中，會讓個案明白為什麼吸引了這些事情？為什麼創造出這種命運？

兒童實驗去創造喜悅與嚇人的事件，以確定他們對自己經驗的控制。他們想像喜悅或可怕的經驗，事實上，他們最被自己的思想、情感與目的在日常生活事件上的效果所迷。這是自然的學習過程，如果兒童能創造出妖怪，那麼也能令它們消失。

許多同學告訴我：「我有好多的恐懼，怎麼辦？」有時候，我實在很想一棒敲下去，這些恐懼還不是自己愛玩想像遊戲，想像孩子將來沒工作怎麼辦？想像六十歲時又老又醜沒人要怎麼辦？想像明天發生世界大戰沒食物怎麼辦？所有的恐懼都是自己嚇自己，如果不及早找出內心這些部分，永遠會有無力感。

假設兒童瞭解到他們的思想能讓自己生病，那麼就沒有害怕疾病的真正理由了，因為那是他們心靈的創造物。像我在治療癌症很簡單，讓這個人明白他的疾病來自於心靈的創造物，既然是自己創造的就能回收，去找醫生開刀、做化療有什麼用？高血壓、糖尿病吃藥有用嗎？只能控制，不能治癒。

● 這個世界完全不瞭解何謂創造、何謂架構二。整個人類陷入了可怕的苦難，假設每個讀賽斯書的人、認識身心靈思想的人，慢慢覺悟到原來是自己的思想令自己生病，同樣也能用思想令自己復原，就沒有理由害怕疾病了。如果知道死亡只不過是意識的另一個出口、是對住在肉體內意識的一種解放、不管有沒有肉體存在而靈魂永生不滅，就沒有人會害怕死亡讓人毀滅。要是大家都認識到心靈偉大的本質和源頭，就不會擔心學歷不夠或事業失敗被人看不起。

每個氣喘發作的孩子，都知道自己參與其中，可是父母和醫生相信孩子是受害者，讓孩子以為是塵蟎等自然因素的攻擊，身體才變得不好，這些做法都引領孩子離實相更遠、更無知，難怪孩子需要不斷吃藥。所有的人類都變成痲瓜，一群在痛苦當中玩得很開心的痲瓜，沒有回歸生命的本質。

這個創造過程才剛萌芽就被掐掉了，到了成人時，我們似乎是活在一個客觀宇宙裡的主觀存在，受別人擺布，而對自己生命中的事件只有最表面的控制，於是惶惑不安，像是先生提出離婚，太太便無能為力，唯一能做的只是儘量爭取到贍養費。孩子偉大的創造力剛萌芽就被掐掉了，學校沒有教孩子「我創造我自己的實相」，反而教孩子很多方法和技巧，整個人類迷失了，既不快樂，也無法真正解脫。

第18講

18-1

內在的小孩感覺自己被「架構二」的更大實相所包圍

（《個人與群體》第一八六頁第七行）在傳統的觀念裡，灰姑娘的故事變成了一個幻想、妄想、甚至以佛洛依德的說法，變成有關「性覺醒」的故事。一個人所面對的失望，的確使得這樣的故事看似與人生真相直接矛盾。童話的幻滅是成長的開始，瓊瑤愛情故事的幻滅是真正人生的開始，所以很多人似乎把對童話幻滅當作是成長必經的里程碑。

到某個程度，每個人內在的小孩卻記得某種實現了一半的主宰感。這句話很有意思，只實現了一半的主宰感，是指人對自己的命運和創造自己實相的力量感，但是孩子從童話世界幻滅後，就喪失了生命的主宰感。

每個人內在的小孩記得某種他幾乎捉住而後又彷佛永遠失去了的力量感，以及一個存在的次元，在其中夢想真正實現了。成人在不斷幻滅的過程中長大，認識到人生不一定永遠是快樂的結局，於是漸漸地失落了個人存在的力量感，到最後，無法掌控生不生病、無法掌控老公愛誰、無法掌控事業順不順利，連腦袋裡的胡思亂想都不能掌握。

人從小到大逐漸失落了自己與內心的連結，以及與架構二親密的關係。我覺得這是一個失樂園，失落的伊甸園，人長大後，忘了在內心深處曾與創造力之間的友好關係、忘了我們曾與奧林帕斯山的眾神如此靠近，心靈與表層意識漸行漸遠。很多人本來以為可以掌控事業、小孩、身邊發生的每件事，後來隨著年紀增長發現不行，結果越來越無奈，血壓開始上升，連自己的肢體、語言都無法掌控。高血壓、中風根本不是肉體疾病，是從小到大無力感累積的過程，而那時候的成人已經聰明到不會相信任何童話，那些故事只是遙不可及的夢。

當然，我們內在的小孩還感受到更多：感受自己全然在另一個架構裡的更大實相，他最近才由其中浮出，且與一個內在的實相密切相連，感覺自己被「架構二」的更大實相所包圍。賽斯講的東西都存在於最深的潛意識，要喚起我們已經遺忘了的熟悉感。我講過，小孩面對死亡遠比大人容易，因為孩子才剛從內在的實相浮出來不久，他是離開心靈的子宮誕生到地球這個實相。真正的子宮不是在媽媽肚子裡，而是來自人類集體無意識的心靈子宮，賽斯稱之為「架構二」。孩子不但知道自己能透過思想感受和想像力創造實相，也知道生命從別的地方來。

禪宗一直在問：「我是誰？我從哪裡來？」只不過在喚醒內心最深的感覺，我們早在進入此生的肉體前已經存在，且與誕生我們的「存有」關係密切。在嬰兒期還能與自己的超靈溝通，知道周遭有天使，雖然大人已經看不見他們了。孩子最直接的學習方法是以心電感應為基礎，先在夢境中學會走路說話，物質實相才隨後發生。

● 孩子感覺自己是由架構二所包圍，一旦物質生命面臨終點，他本能地知道死亡只是到另外的地方去，不論有沒有肉體他都存在，內心不會害怕，因此能自在地放開肉體，靈體與肉體脫離的過程中，不會受太多的折磨和苦難。這與成年人截然不同，成年人面臨死亡有很大的恐懼，捨不得離開肉體，怕肉體崩解後自己不復存在，這種恐懼讓死亡過程變得極不順利。

18-2

孩子知道「他是由別的地方來的」，不是由偶然而是由設計

（《個人與群體》第一八六頁倒數第二行）孩子知道「他是由別的地方來的」，不是由偶然而是由設計。每個人都是從別的地方來的，地球不是我們的家，心靈的故鄉不在地球，地球是肉體體驗一生的地方，我們是來地球出差、觀光旅遊，到這個層面與人建立關係，學習成長、愛與被愛、恨與被恨，但是我們內心深處知道，不管有沒有肉體都存在。

科學的演化論說生命是偶然誕生，賽斯這裡說每個生命都不是偶然，而是經過精密的設計與創造，沒有任何生命會被遺漏。他也不提上帝，因為他不用這個名詞來代表創造力。

孩子知道他最親密的思想、夢與姿態、整個存在的知識與自然世界相連，就如草葉與田野相連一樣。生命來自自然，田野上的每根草都與土地相連，每個存在的生命都是一切萬有最鍾愛的部分，並沒有分開。

孩子知道他是一個獨特而全然原創的事件或存在，他一方面是自己的焦點，而另一方面又屬於他自己的時間與季節。我們的存在有其天生的價值與獨特性，可是大家早就忘記

了內在的部分，忘了自己是獨一無二的，不需要與別人比較。存在即意義，我們的存在就如一棵樹一樣合法、有價值，就如一隻田野的麻雀一樣自然，不是做得好或長得漂亮才有意義。

我之前提過教育是要讓孩子認識自己存在的獨特性，而非以一致性抹煞了孩子內心的自我價值和獨特性，讓每個孩子變得一樣，否則開模具公司就好了，不需要設立學校。要讓孩子認知到自己是好的，所以做什麼都會很好，不需要刻意表現好才有存在的價值。

孩子和寵物都具有豐富的心電感應能力

事實上，孩子很少讓任何東西逃過他們的注意力，因此，再一次，孩子不斷地實驗，為的不只是發現他們的思想、意圖與願望在別人身上的效果，也發現別人影響他們自己行為的程度。到那程度，他們是在以一種就成人行為而言相當陌生的方法，直接與可能性打交道。孩子不斷透過演戲，藉由各種行為揣摩大人的反應，像是父母說了某句話後，他究竟要生氣、難過哭泣還是要躲起來。

孩子瞭解大人遠比大人瞭解孩子更多，甚至連寵物對主人的瞭解更甚於主人對牠的瞭解。寵物以心電感應的方式接收到人類的情緒與思想，一看到主人進門氣氛不對，趕快躲起來，對主人生氣就在床上大便，寵物還會模擬主人的夢中情人或主人與雙親的關係。比如說，之前魯柏養了一隻貓，一直莫名其妙想往外跑，在外面和野貓巷戰，其實那隻貓感受到魯柏對爸爸的觀感，因為魯柏的爸爸是酒鬼，經常在美國各地的酒吧鬼混打架，貓收到了這個訊息，於是在魯柏的心靈完形中扮演這個角色，同時也把自己變得很胖，因為這是魯柏對母親形象的投射。

寵物也非常瞭解主人的內心，反應出主人心中至親好友的感受與行為。像我在美國的朋友因為先生有外遇，太太得到憂鬱症，後來養一隻狗，那隻狗陪她得到憂鬱症，狗也開始吃百憂解。等先生外遇結束回頭了，狗的憂鬱症更嚴重。有一次，男主人和女主人出去玩，家裡的門統統是爪子的痕跡，狗的爪子都出血了，牠無法適應男主人回家的新變化，過了半年狗得到癌症死掉，因為牠為女主人服務的目的已經達到，並非懷恨而死，動物內心天生沒有恨。

● 孩子與父母間也有心電感應，很多時候，孩子出問題根本不是孩子本身的問題，而是整個家有狀況、或是父母的感情出問題。很多父母會說：「可是我都沒跟孩子講啊！」孩子並不傻，他具有豐富的心電感應能力，不用講就知道父母在想什麼。

我的憂鬱症病人常常是母子檔，孩子潛意識收到媽媽想自殺的念頭，結果孩子也得到憂鬱症，擔心媽媽隨時會不見，即使媽媽從來沒講過。我有次看門診時，一個媽媽說：「許醫師，你之前開的安眠藥我都沒吃，已經存好多顆了。」我說：「你存安眠藥做什麼？」她說：「我不知道，存著備用。」這個媽媽不知道自己為什麼要存安眠藥，但是孩子從心電感應的層面早就接收到訊息，知道媽媽想自殺，騙不過他，因為他從嬰兒時期就開始接收父母的想法，只是不知道怎麼說出口，但成年後他可以選擇要不要繼續介入。

因此，這裡要讓大家重新思索很多事情，孩子很聰明，一天到晚在實驗，看他說什麼話父母會認同，做什麼事父母會生氣，他潛意識都知道。

以某種方式，孩子比大人更快地做演繹推理，而且常常更真實，因為孩子沒有被一個結構式記憶的過去所制約。很多大人以為自己學很多，可是一輩子學到的統統是框架，越有學問的人框架越多、看人越帶著成見，被太多過去的記憶包袱所捆綁，孩子看人反倒沒有束縛，直接用感應的方式去瞭解一個人。

18-3

孩子的主觀經驗使他們能直接接觸到事件形成的方法

（《個人與群體》第一八七頁第七行）那麼，孩子的主觀經驗使他們相當直接地接觸到事件形成的方法。任何事情發生前孩子都會先知道。比如說，報章雜誌上曾報導，爸爸要出門了，孩子可能說了些奇怪的話：「爸爸，有空記得回來看我們。」或是哭鬧不休，因為他知道這是最後一次見面。

很多孩子在事情尚未發生前就先知道，因為孩子的心靈大部分還住在架構二，比大人更直接參與事件形成的方法。像我前面舉的例子，媽媽不知道自己存安眠藥要做什麼，孩子很清楚她就是想死。對孩子來說，事情發生前就已經開始醞釀、期待和創造，等事情真的發生，知道這個事件是受他吸引而來。我常把現在的大人比喻成麻瓜，事情發生前不知不覺，事情發生時慌亂不已，事情發生後無法調適，像是先生外遇了，太太要等人家告訴她才會知道，早就有太多蛛絲馬跡可尋。

孩子甚至可以在事件發生完，假裝以另外的方式再發生一次，明明家裡很悲慘，孩子的作文寫：「我的家庭真美滿，爸爸很早下班，和媽媽一起泡茶聊天。」他在說謊嗎？不是，他想要創造一個不同的實相，那是他期望中的家庭。孩子的想像力非常豐富，他們知道想像出來的事與實際發生的事差異不大，而且關係密切，但對大人來說，兩者已經無關了。

我們的人生跟著想像力運作，在潛意識的層面一天到晚預期自己婚姻會出問題的人，雖然表面上不知道，但婚姻早晚會出問題；經常想像自己體弱多病的人，早晚會生病；整天想像被別人欺負，無力反抗，結果就會很悲慘。我們的人生和未來都是出於自己的想像，人生很悲慘的人，在悲慘的事發生前，腦海中早就充斥著悲慘的畫面。孩子很清楚這個真理，大人早已忘了這件事。

生病也是出於想像力，很多人得到癌症前，常常莫名其妙想：「是不是得到癌症，先生才會愛我？」「是不是得到癌症，他們才會放過我？才可以拋下這一切。」很多女人會想：「要是先生外遇了，我就有勇氣離開這個婚姻，有正當理由跟他離婚。」等到他真的外遇了，太太又一哭二鬧三上吊，忘了在潛意識層面，自己是共同參與者。

孩子知道自己參與事件的形成，長大了的成人卻不知道，這就是之前講的實現了一半的主宰感，於是隨後的人生越來越無力。這一段內容要喚醒大家內心很深的智慧和意識，讓大家慢慢開悟。

藉希望帶來好事要比帶來不快樂的事更容易

孩子瞭解象徵的重要性，而經常利用象徵來保護自己，並非針對自己的實相，而是針對成人世界。他們經常假裝，會跟父母玩遊戲，比如說，叫他吃飯，他就會說：「我剛才在斷頭台上，頭斷掉了，沒辦法吃飯。」叫他去上學，他假裝自己是電影裡的男主角說：「我現在是國王，你不得命令我。」或是孩子在房間裡嗡嗡嗡，問他在做什麼，他說：「我是蒼蠅。」後來媽媽拿蒼蠅拍打下去，他就知道以後不要演蒼蠅了。孩子經常玩各式各樣的角色扮演遊戲，充分演出想像力。我們的人生都是這樣子來的，在腦海中先發生，事先預錄好想像出來的畫面。

孩子經常假裝，而很快學會，在任何一個範圍裡，持續假裝終會造成被他實際體驗那想像活動的一個版本。以生病為例，孩子先想像自己生病，過一陣子真的會發燒感冒，氣喘發作，一回生二回熟，下次就不用這麼辛苦了。可是所有事件的形成都有醞釀期，持續假裝會把想像的活動變成實際版本。

孩子也明白他們並未擁有全部的自由，他假裝蒼蠅很久，還是沒有變成蒼蠅，他在學習架構一的法則，如果孩子在架構二假裝是蒼蠅，立刻會變成蒼蠅，大家在夢裡還可以體驗得到，在夢裡只要想像自己是蝴蝶，就會變成蝴蝶。孩子把架構二的想像力和創造力拿到架構一來用，發現有些會成真，有些不會。

因為某些假裝的情況，後來會以比想像的那個版本較不忠實的樣子發生。其他的則會彷彿幾乎完全被擋住，而根本沒有具體化。我們也在演自己的人生，生不生病由我們自己決定。在孩子熟悉傳統的罪與罰概念之前，他們發現，藉希望帶來好事要比帶來不快樂的事更容易。我以前講過，宇宙傾向與人為善，好的信念比較容易誕生好結果，壞的信念會稍微慢一點實現，要給我們時間反悔，這是一切萬有對人類的恩寵，否則腦海中只要冒出想死的念頭，立刻就死掉，那麼這個世界剩沒幾個人了。

意願好的事情發生比意願不好的事情發生容易多了，整個宇宙也幫助孩子朝容易的方向去創造，這句話暗示了人生的本質：快樂比不快樂還要容易，健康比生病容易，達成自己的理想和目標比不達成容易。很多成人都認為快樂並不簡單，所以多數人都不快樂，而這種想法違背宇宙的定律。

我在《你可以不生病》那本書講過一句話：「人要很不容易才會生病。」但現在很多人都達成這個不可能的任務。我同樣要告訴大家，人要不快樂不容易，從孩子身上可以看到，不管生長在多悲慘的家庭，還是很容易快樂，直到有一天他慢慢長大，變得越來越不快樂。

成人多半已經忘記真正快樂的感受了，以宇宙的定義而言，快樂比不快樂容易，可是老要往不快樂去想，難過、擔心、恐懼失去，連神也幫不上忙。在架構一人比神大，人是主體，神是幕後的推手，人要自殺神都擋不了。神從來就不要人類生病，不要人類不快樂，那是我們創造力的展現。

18-4

孩子知道按照內在的衝動會得到保護與支持

（《個人與群體》第一八八頁第一行）孩子出生時，就帶來由「架構二」提供給他的原動力與支持能量，而他直覺地知道，那些對他發展有利的願望比那些無益的較易「發生」。

為什麼孩子被打後，哭完很快就笑了？因為他天生就帶來架構二提供的原動力和支持力量。孩子的成長不只受到父母的護持，宇宙會自動護持他。

● 現在的大人失去了這份認知，以為自己失去了架構二的護持，也認為孩子沒有，於是把恐懼投射給孩子，擔心孩子會很糟糕，其實糟糕的是大人自己，孩子出生時就帶來架構二提供的原動力和支持能量，所有的父母都要瞭解這一點。像我現在對家中長輩不會發出擔心和恐懼的心念，有時候我在外面，兩、三天都沒有打電話回家，我知道宇宙會幫我照顧他們，我相信他們沒問題。有些自認為更孝順的孩子，發出的心念是：「父母跌倒骨頭斷掉怎麼辦？小偷來怎麼辦？」發出這麼多負面能量，難怪父母骨頭常常斷掉。

人會收到心電感應，受到老師鼓勵的學生會很棒，從小被父母信任的孩子到天涯海角都有自信，他在異國碰到困難，會想到父母說：「孩子，沒問題，你是最棒的。」有些父母擔心孩子一跑步會跌倒，出門怕冷、怕感冒，我們到底讓孩子帶著什麼信念在身上？趕快看《在孩子心裡飛翔》，書裡有很多不一樣的概念，要實際運用，我們的信念和想像力會創造出實相。

孩子天然的原動力自然的引導他去發展身心，而孩子按照那些內在衝動行動時，他覺察到一種保護效果與支持，孩子天生是誠實的。很多父母問我：「孩子為什麼說謊？」我說：「就是你們造成的！」孩子說謊大人絕對難辭其咎，因為孩子天生很誠實，是大人造成孩子說謊比不說謊容易。

從孩子的眼光看大人的世界，會覺得虛偽、愛面子、注重表象、不誠實。比如說，家裡平常亂七八糟，有客人來就收拾得很乾淨，當然是因為大人愛面子。大部分的大人懂得社交技巧，知道要見人說人話，見鬼說鬼話，熟悉大人世界的遊戲規則，久而久之，習慣自我欺騙，對自己的心不誠實。

● 我要傳達一種內心的自我面對和覺醒，成人常找藉口蒙蔽內心真正的感覺，可是唯有按照內心的感覺生活才會快樂，捨此一途，別無他路。孩子明白按照內在的衝動會得到保護和支持，反觀那些精於算計自以為聰明的人，人算不如天算，最後必定一敗塗地。

18-5

孩子天生很誠實，後來學到順著大人的意比誠實容易

（《個人與群體》第一八八頁第三行）孩子天生是誠實的，當他生病時，直覺地知道其理由，而十分明白是他自己帶來了那個病。孩子知道生病是出於自己創造力的結果，背後有其私人的理由，可是大人已經不知道這一點。孩子也知道發生在身上的事多少是自己帶來的，孩子遠比大人清楚如何操縱大人的情緒。

反之，父母與醫生則相信孩子是個受害者，不是為了個人的理由生病，卻是因為自然因素攻擊他而變得不適，自然因素是指塵蟎、病毒、細菌、手沒有洗乾淨等，大人相信自然因素讓孩子生病而變得不適，或是外在的環境或是某些東西由內部跟他作對，像是孩子肚子裡的比菲多菌減少了。或大人會告訴孩子：「你感冒了，因為你把腳弄濕了。」「你感冒了，因為你出去沒有穿外套。」「你視力不好，因為你一直在打電動。」「你咳嗽了，因為你太晚睡。」「你腸胃不好，因為你都亂吃零食。」每句話都在剝奪孩子的力量感及與生俱來的創造力，我們現在的教育和文明錯得很離譜。

或：「你從小明或小華那兒傳染了感冒。」孩子也許被告知他有一種病毒，因此身體受到了侵犯，這看起來好像與他的意志相違。孩子知道要不要感冒由他自己決定，可是我們告訴孩子：「記得要洗手，小明有腸病毒，離他遠一點。」而不是告訴孩子：「孩子，你不想得到腸病毒，就不會得到。」「你不想被小明傳染，就不會感冒。」心靈的力量高於一切。

孩子學到上述的那種信念是可被接受的，順著人家的意要比誠實容易些。像是員工很快學會說老闆想聽的話，說老闆想聽的話遠比誠實容易多了，孩子學習的速度也很快！我們後天的教育都違背了孩子天生知道的東西。

尤其是當孩子的誠實常常涉及父母可能對他皺眉的一種溝通，或涉及了相當不被接受的情感表達。比如說，孩子不喜歡上課，父母會說：「本來就要上課，怎麼可以不上課？」當他發現生病可以不上課，就很快樂，一再複製這個模式，如果父母不瞭解他內心想表達的訊息，不瓦解他抗拒上課的衝突，孩子就會不斷生病，不明就裡的父母只知道一直帶孩子看醫生吃藥。

父母和醫生教導孩子的觀念都使他與自己的存在剝離，本來孩子知道自己為了哪一個私人理由生病，但他的覺知很快就被障蔽住，因為順著社會的傳統比面對自己的內心容易多了。而我就像是個不屈服的孩子，大聲回來告訴這些成人：「不是這樣的，你們給孩子的教育都在剝奪他實現了一半的主宰感，導致後來人不再是自己身體健康的主人。」冰凍三尺非一日之寒，很多成人早就失落了孩子的那部分。

一旦孩子發現生病可享受特殊待遇，就會經常如法炮製

舉例來說，媽媽心中勇敢的小大人，於是就能留在家裡，很有勇氣地忍受那個疾病，而孩子所有的行為也受到寬待。請假在家不用上學、不用上體育課、甚至有時候是拒絕搬家，孩子總有他想留在家的理由，尤其是氣喘的小孩。我在仁愛醫院當小兒科醫生時，曾問過一個孩子：「你知不知這次氣喘為什麼會發作？」他說：「我當然知道，我剛打破爸爸最喜歡的花瓶。」他以前可能感冒或氣喘發作，發現待遇不一樣，這次打破了爸爸的花瓶，氣喘發作一下就容易多了。這一切都在潛意識自動化反應，說多快就有多快。

很多孩子知道一生病，父母就不要求功課，考不好也不會受罰。腸病毒、腮腺炎等兒童傳染病，也是這樣來的，孩子集體對教育制度不滿，這些事件發生後，大家會重新檢討對待孩子的方法，以免孩子壓力太大容易生病。可是醫學界往往只關心病毒、預防注射。

小孩子也許知道，這場病是他的父母會認為十分懦弱的情感結果。孩子本來會說出內

心的感受，但父母常常告戒孩子：「不可以不上學，不可以不考一百分，不可以表現得不好。」久而久之，孩子無法說出內心真正的感受，慢慢發現講什麼話父母可以接受，講什麼話會被打，這就叫長大，就是變狡猾的過程。以《靈異第六感》這部電影為例，劇中的小男孩有陰陽眼，天生看得到鬼，剛開始上美術課時，他畫吊死鬼，老師不高興說：「你為什麼要畫那些鬼？」後來他畫天使、彩虹，老師就不再找他麻煩了。

如果孩子在週記上寫：「我的爸爸媽媽一個禮拜吵架三次，上禮拜三媽媽離家出走。」一般父母看到這段話，不會跟孩子說：「孩子，你講的是實話，讓老師知道沒關係。」而是告訴孩子：「這是我們家的事，不要告訴老師。」但那才是孩子真實的感受。或是孩子到爺爺奶奶家說：「爸爸上禮拜打媽媽。」父母回來一定會跟孩子說：「下次不要跟阿公阿嬤講。」這就是現在孩子學習的過程。

我有個癌症病友，開刀後兩天，媽媽就叫她去左右鄰居家露一下臉，怕失蹤太久鄰居會起疑，以後嫁不出去。有的女兒離婚後，回到娘家爸媽會說：「妳離婚這件事不要說出去，好不好？」於是我們學會了掩飾、不信任。

●我沒有批判這麼做對或錯，只是引導大家瞭解這些暗含在成長過程中的東西。比如說，精神病患是一個家的秘密小孩，代表這個家所有人內在心靈上不了檯面的那部分，父母越接納這個孩子、越覺得不丟臉，他會越健康。每個人都有不想搬上檯面的東西，我也有，但是我很清楚明白，所以我的內心統一，不害怕恐懼，這才叫做修行。

如果很清楚自己內心真正的感受，選擇講或不講叫做智慧。可是，後來很多人在成長過程裡，偽裝得太徹底，連自己都騙過自己，已經不曉得心裡真實的感受了，賽斯思想要讓我們回來面對內在的自己。

18-6

集體活動的參與者各有其私人理由

（《個人與群體》第一八八倒數頁第三行）小孩子也許知道，這場病是父母會認為十分懦弱的情感結果，不然的話，就是牽涉到父母根本不會瞭解的情感事實。比如說，孩子和小明是好朋友，但小明是中輟生，父母會說：「不要跟中輟生來往。」父母不瞭解他和小明的深厚交情，所以他不想跟父母說實話。

心理感受與身體實相之間的美好關係及精確連繫，就這樣一點一滴的被侵蝕掉了。這句話講得多好，心與身的美好平衡被侵蝕了，現在的醫學更有甚者，連精神上的疾病都與心理實相脫離了關係，就算得到憂鬱症也懶得探討心理感受，叫病人吃顆抗憂鬱劑容易多了。

賽斯並不想過於簡化。然而，一個隨著他班上很多同學得到了腮腺炎的孩子，知道他有加入這樣一個群體生物學現象的私人理由，而通常成為一場流行性感冒「受害者」的成人，對這樣一個情況卻很少有意識覺察到自己的理由。比如說，目前在流行德國麻疹、腮腺炎、腸病毒，每個染病的孩子都知道自己有私人理由，一種同儕的認同感，尤其是平常人際關係就不好的孩子，這是個大好機會，大家會有革命情感。

學生集體心靈傳染力很快，以前有個報社訪問過我：「為什麼有些班上的同學會集體自傷？只要班上有同學割腕，接著整班集體割腕。」因為平常在班上不被大家認同的要趕快跟著割腕，剛好加入集體遊戲，才能得到認同，背後有其私人的理由。人的意識本來就有集體的傾向，就像瘋狂搶購，傳染病也是一樣。

而染病的成人對這種情況卻已無法覺察到自己的理由，只是跟人家湊熱鬧，也被傳染到了。如果覺察到，就表示要不要被傳染是由自己決定，不是病毒或戴不戴N95口罩決定。瞭解了這一點，將來整個命運會不一樣，會知道是否要參與某個集體活動，會清楚自己私人的理由。

以示威為例，一群示威的民眾各有其私人的理由，有的是假日很無聊去湊熱鬧、有的是去拼死活、有的是因為可以領便當順便逛逛中正紀念堂。一場疾病、災難等集體現象，背後都有其私人的理由，可是成人內在的那部分，都被一點一滴的剝奪掉了。

每個人自己的意向要為自己的病負責

成人不瞭解所涉及的集體暗示，或他自己接受它們的理由。反之，他通常是被說服自己身體是被某種病毒侵犯了，不管他個人同意與否。因此，他是一個受害者，而個人力量感也被侵蝕了。如果我不同意，病毒沒有能力侵犯我，可是這個「我」不是表面的我，是身心靈整合過的我。

我之所以學習賽斯心法，是因為它從最根本的地方幫助所有現代人。更多的社會救濟、蓋更多醫院，只是越鼓勵大家生病，我們要讓每個人覺醒，走這條路不容易。

在我們這個世界裡，病人只是個受害者，個人的力量感被侵蝕了，當一個人從這樣的試煉中恢復，他通常把康復當作是服藥之結果。很多人認為，康復是因為看醫生吃了藥、開了刀，或也許會想他只是幸運罷了，但他並不讓自己在這樣一件事裡有任何真正的力量。意思是，一個人會生病是迷路的病毒來找他算帳，跟他毫無關係，而康復則是偉大醫藥的協助，也跟他個人沒有關係，如此一來，人怎麼會有力量？

我們的公共宣傳說：「不要抽菸、不要喝酒、不要嚼檳榔，要多運動，少鹽少糖。」聽起來有點預防醫學的味道，說實話一點用處都沒有。這些東西看似讓人健康，卻依然暗示了人沒有力量，身體很差勁，必須不菸不酒、少鹽少糖，才不會生病，這些醫學知識都沒有加強力量感，反而進一步削弱了健全感。

痊癒似乎發生在人身上，就如那疾病似乎發生在他身上一樣，疾病和痊癒跟當事人沒有關係，通常這病人無法看出是他帶來了自己的康復，而且是對之負責的，因為他無法承認，自己的意向要為自己的病負責。於是，人無法由自己的經驗學習，而每一回合的病看起來會大半不可理解。我們的意向要為我們生的病負責，同時也要為自己的康復負責，從小到大每一回合的病，並不是莫名其妙生病、莫名其妙痊癒，要找出背後的心念和不平衡。

第19講

19-1

每個人都能藉由天生能力感知實相的本質

（《個人與群體》第一九〇頁第一行）賽斯評論魯柏的第一次開悟經驗。魯柏在一九六三年下半年，有一次開悟的經驗，之後寫下一篇手稿，叫做〈物質實相即意念的建構〉。魯柏本來就是累世修的覺者，這一世是他和約瑟的最後一世，傳下賽斯書之後，不再回地球了。老實說，只有最後一世開悟的人才有資格寫下賽斯書。

魯柏想對實相本質有更多瞭解的欲望及熱烈的意圖，觸發了那個片段的自動書寫稿件。在甘迺迪總統被暗殺時，他發現，身為一個年輕成人，他活在一個似乎沒有意義的世界裡。就像現在很多台灣人，覺得政治有什麼意義？人活著有什麼意義？可是魯柏並沒有對命運屈服。

同時，雖然他被那一代的集體信念制約，卻仍緊抓著自童年起一直沒有完全失去的支持性信念。魯柏從小就有個內在的核心信念，聽起來不合邏輯，應用到日常生活時又彷彿自相矛盾，這信念聲稱：個人能藉由本來就屬於他的天生能力，靠自己去感知實相的本質。

以前天主教不准教徒自己讀聖經，要透過神父詮釋聖經才不會出錯。後來基督教說神在每個人的內心，為什麼一定要聽神父的版本？所以基督教倡導每個人都能讀聖經，直接與神連結。魯柏則更進一步，認為連聖經都不需要，聖經是框架，我告訴大家，佛經也是框架。禪宗的《指月錄》提到，手指頭指月亮，可是手指頭不是月亮。賽斯書也是框架，但是我們得先明白它是框架，離我們明白它是框架之前還有一大段距離。

魯柏認為人本來就能使用自己的天生能力，靠自己感知實相的本質，而不是相信人家說的既定答案，要有獨立思考的能力。比如說，關於宇宙是什麼，不用相信科學家說的模型，生物學家說的演化論也是錯的，因為我們並不瞭解實相的本質。

魯柏從年輕時開始就不接受人家給他的傳統概念，而瞭解實相的本質、天地的奧祕，這些能力本來就是人的傳承。換言之，魯柏感覺還有一丁點機會打開關起的知識之門，而他決定不放過那個機會。這首先呈現在那如今已發黃的手稿裡，令他立即看出，他多少選擇了自己生命中的事件。比如說，我在這裡講解賽斯書，不是因為命運，而是選擇，參加讀書會的同學是選擇，先生會外遇是選擇，甚至得到癌症也是選擇，只是自己沒有發現。生命中的事件不是偶然，不是巧合，都是經由選擇。

每個人都是事件之創造者，而非受害者

每個人是那些他私下體驗、或與他人共同遭遇事件之創造者，而非受害者。光是這句話就要把各位從命運的枷鎖解放出來，掙脫對疾病的無力感，我們不是命運的受害者，不論是自己遭遇或是與他人共同遭遇的事件，我們都是創造者，要走向創造者覺醒的道路，不走這條路就沒有未來。

魯柏寫稿子時，在那些真是充滿力量的幾個小時裡，他也知道了肉體感官並非就這樣感知堅固的現象，卻是實際上在事件的創造裡參與了一手，之後，再把它看做是事實。我們的心靈創造實相，眼耳鼻舌身不只感受到客觀環境，也創造了客觀環境，這就是測不準原理。

（《個人與群體》第一八二頁註釋二）海森堡提出測不準原理，觀察者與被觀察者是同一個現象的一部分，沒有辦法同時決定一個粒子的動量和速度，因為觀察者會決定被觀察到的現象，觀察者本身就參與了這個現象。感官不只用來感知外在的實相，也參與了創造。眼睛不只看到了顏色，眼睛也幫忙創造顏色，耳朵不只用來聽聲音，耳朵也幫忙創造出聲音，感知者是其感知現象的參與者。

（《個人與群體》第一九一頁第四行）魯柏和約瑟都相信「神奇的力量」，否則這些課永遠不會開始。他們相信實相比感官顯現出來的更多，也相信他們在一起可以完成先前所未有的成就，希望對這個世界的問題提供有意義且真實的解決之道。對我而言，魯柏和約瑟把賽斯書寫下來，賽斯書不易理解，總要有人講解給大家聽，把它傳出去，我很清楚這件事。

降低心中的阻礙就會真的變低

（《個人與群體》第一九二頁註釋三）這個註釋值得跟大家分享。威力之點在當下，不論何時，可能的話，就把一個難題的重要性盡量降低。忘記一個問題，它就會走開。尤其是病，忘記身上的病就會越快痊癒。大多數的人都把問題嚴重化，其實事情沒那麼嚴重，只要先面對了，瞭解到嚴重性後，下一個步驟是：「覺得它沒那麼嚴重」。這不是鴕鳥心態，真正的修行是對事情透徹瞭解了，也看到每個細微之處，回過頭來告訴自己：「沒那麼嚴重。」

比如說，中華民國和中華人民共和國一百年後統一還是獨立？或是開戰了，台灣死一半的人？這件事很嚴重，可是既然都這麼嚴重了，還要再把它嚴重化嗎？不要。都是我們的心把問題放大，回到剛才講的測不準原理，感知者就是所觀測現象的一部分，一旦感知者降低焦慮，現象本身就自動解除嚴重性，兩者屬於同一個次元，此強則彼強，此弱則彼弱，一方先抬高聲勢，對方就如法炮製，這是互動的結果，你要統我當然要獨，你要獨我當然要統，都是自己逼死自己，卻感覺別人在逼我們。

當然，這是個癡愚的忠告，或看起來好像如此，但兒童知道它的真實性。如果把心中的阻礙減到最低，它們就真的變得最低了。如果誇大心中的阻礙，實際上它們就會很快的膨脹成巨無霸。真正的阻礙都在內心，事情沒有想像中那麼可怕，生命會有出路，小小的一段話蘊含多深的哲理啊！

19-2

萬物都是意識先存在，再具體化為物質

（《個人與群體》第一九三頁第六行）魯柏的手稿顯現出來，物質宇宙是由意念建構而成。先有無意識的概念，根據心靈藍圖，再用架構二的心靈能量，建構出肉眼看到的物質宇宙。所以物質宇宙是偽裝的，物理學探測到的原子、分子也是偽裝，只是樣品屋，沒有看到真正的宇宙，真正的宇宙躲在能量界裡，肉眼看不到，不是由粒子組成，其運作速度大於光速。

粒子只有在小於光速時，才會掉到物質世界的範圍，如果有個東西運動的速度大於光速，會立刻在眼前消失，跑到另一個世界，因為它離開了這一度空間，宇宙由多度空間組成，每個宇宙由不同的速度構成，就像光有光譜一樣，每個粒子振動的速度不同，界定出每個不同的宇宙。死後的世界就在旁邊，可是我們感受不到，因為它振動的速度大於光速，就像我們看不到紅外線一樣。

魯柏的那個感知並不是我們科學家承認的公認感官資料，並沒有經過推理而認識到世

界的精神性來源，他是經過直接開悟，認識到這個世界有個精神性來源，也沒有任何普通的身體感知能給他那個資訊，魯柏不是經由牛頓雜誌、科學研究室的研究而得到這些訊息。

他的意識離開了身體，魯柏寫手稿時，身體坐在書桌前書寫，意識跑到窗外去，許多受過教育者認為不可能的一件事，他們認為人的意識不可能離開身體，可是魯柏的確發生了。魯柏的意識雖然仍維持著自己的個人性，卻與他窗外的樹葉、窗櫺裡的釘子融合在一起，他第一次感覺到天人合一，原來萬物是一體的，他的身體坐在書桌前，意識變成窗外的樹看著坐在窗子裡的自己，感受到他成為釘子的一部分，與天地萬物結合在一起。

魯柏的意識同時向內與向外旅行，因此，就像一陣精神性的風，他的意識旅遊過其他心理上的街坊。他突然發現這個世界是活的，一切物體背後有個精神性的意識，地板是活的、釘子是活的、樹是活的。原來萬物是意識先存在，再把自己具體化為物質，每個東西都有意識，魯柏自己親身感受到了。

我們宇宙的根源是非物質性的，而每件事情不論多偉大或渺小，都在「架構二」的環境裡誕生。架構二是偉大的攝影棚，每個念頭、想像力先在架構二誕生，然後到架構一具體實現，這個世界有另外的誕生地，我們的物質宇宙是由內在的架構升起的，並且繼續這樣做。我們眼睛看到的物質世界不斷由心靈的世界轉譯出來，而物質以意念為架構到現在仍未停止，還在一直建構。

宇宙本身是大意念建構，我們在玩小意念建構，就像身體是由意念建構，而絕望和不快樂建構出癌症。內我建構出我們的手，我們可以把手舉起來；宇宙的意識建構出大海，我們的意識建構出海上航行的船隻，一個是大建構、個是小建構。這是個偉大的覺悟，從有歷史以來，所有的覺者都認識到這一點。

那補給我們思想的力量也來自同一源頭。我們為什麼能思考？思考的力量從哪裡來？架構二。以一種說法，如我們所瞭解的宇宙連帶它包括的所有事件，在其重要過程裡「自動地」運作，就如我們的身體一樣。這個世界自動誕生，野地裡的花自動開花，不需要提醒，自動從架構二而來。

我們個人的欲望與意圖指揮身體自發過程之活動，那就是說，因為我們的願望，身體在我們的命令下走過地面，雖然所涉及的過程必須「靠它們自己」發生。我們走過了地板，但是哪一塊肌肉收？哪一塊肌肉縮？我們並不知道，一切都是自動發生。而這些視為宇宙自動發生的東西其實不是自動發生，再偉大的自動化工廠都先經過設計。因此，宇宙不會自己發生，其背後有意圖、有意義，宇宙是個自我覺察的單位，有自己的覺性、意識，不是無生命的存在，因為生命不會來自於無生命的原子、分子偶然碰撞，每個原子、分子背後都有意識存在。

信念可以改變細胞的行為

（《個人與群體》第一九四頁第六行）我們的意向對身體健康的影響很大。比如說，想像八十歲的自己長什麼樣子？用什麼姿勢走路，這就是意向，到了八十歲時就會是那個樣子。如果想改變，要在當下改變意向。

以同樣方式，在任何既定時間，所有活著的人們共同「指揮」宇宙事件以某種方式運轉，雖然那過程必須靠它們自己發生，或自動地發生。不過，其他的族類在這裡也插上一腳，其他族類是指大地的意識，地水火風和動植物的意識都參與了，我們多多少少都指揮世界的「身體」活動，就如每個人指揮自己身體的行為。

● 賽斯這裡提到意向很重要，就如我們無意識地指揮身上的每條肌肉，也無意識地用信念影響到細胞的行為，不要以為細胞的行為不是我們能影響的。比如說，得到憂鬱症，醫生說：「大腦缺乏血清素，要吃藥。」不見得一定得吃，因為意向會影響細胞的行為，縱使真的缺血清素，補了有用嗎？如果兒子敗家，給他更多錢也沒有用，自己能賺更重要，所以外在的藥再怎麼吃都沒有用，要靠自己內在轉化，細胞自然會跟著轉化。

說到其他物種，我倒是有點小小的感觸。前陣子去美術館看荷蘭阿姆斯特丹的現代藝術雙年展，內容提到荷蘭有些無殼蝸牛沒有房子住，就在公園搭帳篷或是霸佔已經蓋好尚未售出的空屋，他們提出身為人類有居住的權利，跟政府抗議。我可以同意人有居住權，但看到他們在為自己爭取居住權的同時，我想到台灣黑熊、山羌、蝴蝶也有居住權，人類怎麼從沒有想過呢？如果我們不考慮其他生物應該有居住權，同樣的邏輯也會落在人類的弱勢團體裡，人怎麼對萬物，就怎麼對自己人。

我以前有個學生說：「人都沒有地方住了，怎麼還能管動物有沒有地方住？」對不起，這是同樣的邏輯，因為人也是動物，如果我們不覺得萬物該居有定所、生而有居住權，當人口繁衍過多，就會有一批人沒有居住權。一看到那個展覽，我就在想，人沒有房子住還可以抗議，動物沒有地方住只能絕種，人類真的要覺醒。

19-3

宇宙自動傾向於「善」的事件之創造

（《個人與群體》第一九四頁倒數第六行）每個人天生就有朝向生長的原動力，這就是賽斯一直講的價值完成，每個人的基因、染色體裡，在潛意識深處都有朝向生長的原動力。出生前，早就自動賦予了內在藍圖，會導向一個完成的成人形體。從一個受精卵長大為成熟的人體是宇宙中最神奇的過程，這一切都是自動達成。

不只是那些細胞，還有組成細胞的原子與分子，都含有積極的意向，去合作形成一個身體，去完成它們自己。原子、分子自願合作組成了人體，這是最偉大的奇蹟。那麼，身體就不只是預設了要存活下去，很多生物學家認為肉體的存在就是為了覓食和交配，賽斯說生命不只要活下去，還預設了一種理想化，要導向最好的發展與成熟。

生命碰到困境，就彷彿一枝草往上生長時遇到了阻礙，內在的基因永遠會幫它尋求陽光、尋求突破。任何人的內心都有朝向生長的理想化，儲存在我們的人性及神性中，內在的神性自然會導引人性邁向更好的生長與發展，使肉體邁向活力與健康。

所有這些特性在「架構二」裡有其來源，因為在「架構二」裡的心理媒介會自然傳導創造力。架構二不只是一個中立的次元，在自己之內包含了自動的傾向，朝向本來就在其內的所有模式之完成。我們所有的生長、突破，在架構二中都有動力提供協助。就像威廉．詹姆士在魯柏的書裡說的：「宇宙的確具有善的意圖。」以前基督教把這個概念變成神愛世人，可是賽斯不直接用神這個字，因為這個字有太多的扭曲、誤解和投射。

賽斯翻譯成現代科學的術語，說宇宙有善的意圖，自動傾向於「善」的事件之創造，他把「善」這個字放在引號裡，因為它超越了世俗的善惡標準。賽斯說過，我們世俗以為的惡其實不是惡，他所謂的善包含了更多的東西，不是善惡相對的善，而是上面那個更大的善。

比如說，我一直告訴大家，大自然對人類有善意，沒有殺死人類的意圖，大自然裡不會突然有種病毒把人殺死，是人類內在的身心不平衡引發了地震、土石流等自然災難。我走在大自然裡不會害怕，能感覺到山的善意，山的能量不斷護持著人的健康，不會把大自然當作殘酷而沒有生命。就像之前神秘學講的大地之母蓋亞，人類受到大地之母支撐護持，不是肉體演化來適應地球的溫度，而是地球的溫度也會調到適合我們的體溫，上帝負責控制地球的空調，適宜人類居住，但赤道和南北極的溫度又不能一模一樣，否則太單調無法顯出人類的挑戰和進步。

每次我看到賽斯說宇宙具有善良的意圖，就想到《彗星撞地球》那類電影，如果地球人不打算集體移民，宇宙不會無緣無故讓彗星撞地球，因為宇宙本身有善的意圖。要是整批地球居民決定要集體移民，才會有一顆彗星應我們的要求撞地球，屆時怎麼躲也躲不掉。

學習賽斯心法後，會覺得不論活在地球的每個角落，都有神在護持著我們，神就是大地的靈魂、宇宙的創造。同樣地，身體對人類也具有善良的意圖，因為身體就是從宇宙誕生出來的。可是現代醫學一直在誤導大家，要我們小心防範以免隨時生病，讓人心不安。

19-4

物質宇宙像每個物質身體一樣都是「神奇的」

（《個人與群體》第一九五頁第四行）到那個程度，物質宇宙像每個物質身體一樣都是「神奇的」。身體是神奇的，現代人只認識到自己的人性，但人類喚醒自己神性的時候到了。所有人都由神聖的材料剪裁而成，神不只創造了人，人是神性的延伸，人不只是信上帝、拜神拜佛，要認識心中的神，每個人都是神之子，要開啟內在的神性。

賽斯希望用「神奇」這個詞，來喚起我們內在更高的理智。推理本身只能處理對物質世界所做的演繹，可是物質世界是從架構二來的，能推理的力量事實上來自「架構二」，我們能推理是因為那些使得推理本身成為可能的「神奇」事件之結果。這句話滿有意思，大家可以再三思考。

恨與愛並非相對，能恨是因為能愛，如果不能恨也不會有愛，恨來自於愛這個更大的基礎，要誠實面對。比如說，如何導引情緒？如果有恨就要忠於恨，不可以自我欺騙說沒有恨，不需要告訴自己不能恨，唯一要做的是：看清楚恨從哪裡來？其實恨是從愛來的，愛失落了、期望落空了，才會產生恨，面對恨，讓恨流動。生氣和恨的負面能量不會讓人生病，壓抑負面能量不讓它流動才會生病，髒水不會發臭，不流動的水會發臭。不要排斥負面能量，負面能量也是來自正面能量，讓負面情緒流動，自然會引導我們回到正面能量。

科學家在描述宇宙誕生時，光是用理性無法提供真正的洞見，因為宇宙的誕生就像嬰兒誕生一樣，每個人的出生神奇的發生，就如生命在地球上首次出現那樣的神奇。之前說過，生命不是來自偶然，每個孩子都知道他不是來自偶然和意外，而是經由設計，孩子知道他是由別的地方而來，知道宇宙背後有個慈悲的創造者，我們不是活在偶然的世界裡。

對大腦的科學分析不會告訴我們運轉思想的力量，也無法暗示腦力的能力來源。然而，在我們世界的存在本身，以及涉及想像力、情感與信念和那些組成我們經驗的私人與共用事件之關係裡，「架構一」與「架構二」之間經常不斷的活動明顯可見。賽斯一直要告訴我們，架構二就在日常生活中，人世間的奇蹟不是在耶誕節才會發生，因為這個世界很奇怪，彷彿到了耶誕節那天突然變得溫暖起來，另外三百六十四天都很殘酷。

● 耶誕節前後為什麼常是流行性感冒的季節？賽斯說過，因為耶誕節重新提醒了人要喜悅，這個世界溫暖而充滿情感，背後有個偉大的造物主。但耶誕節也讓人發現另外三百六十四天充滿競爭，過得多不快樂。每天都應該是耶誕節，人本來就該活得溫暖快樂，這才是世界該有的面貌。

耶誕老人存不存在？如果一個人老到不相信耶誕老人的存在，就表示他已經脫離了架構二。耶誕老人和神仙教母，代表了許願後會實現的那個力量，也就是架構二、所有人的內我，因為架構二是回應架構一的信念而來。可是我們似乎只有在童年和耶誕節那天，才相信心想事成，其他日子則覺得現實殘酷，想要什麼都得不到，生病了也好不起來。

每個人都深受內在的神眷顧

雖然我不是基督徒、佛教徒，但我常跟很多人開玩笑說，我比誰都更認識神佛，因為祂就是我內心的力量，自從我瞭解賽斯思想之後，神從來沒有一刻離開過我。我從小就知道我是被祝福的小孩，每個人小時候也都知道，只是長大後忘記了，不再覺得被神眷顧，也不覺得內在有個神永遠愛著我們。

以前聽基督徒講神愛世人，我心想：「神愛世人，在哪裡？告訴我。」看了賽斯書後，才發現宇宙具有善良的意圖，原來每個人內心都有神性，我們要先認識心中的神，不要抗拒，把心打開，讓神引導我們，治癒我們。但是不必完全聽神的話，祂沒有要主宰我們，只是引領。就像車上裝了衛星導航系統，也可以不聽它的指示。因此，神允許人不聽祂的話，要人傾聽自己內心的聲音，但祂會提供最好的意見給我們當參考，否則乾脆創造出百依百順的應聲蟲就好了。父母也要效法這種精神，提出意見給孩子當參考，不要替他決定生命。神都不決定人的命運了，父母怎麼可以決定孩子的命運呢？

19-5

理性與直覺攜手並進，人生才會找到出路

（《個人與群體》第一九六頁最後一行）賽斯並無意以貶抑的說法來談理性，我們也真的尚未發展自己的推理能力，因此，對理性的看法必然會產生一些扭曲，他也無意叫我們利用直覺與感受到犧牲理性的程度。賽斯說，理性與直覺感受可以攜手並進，人類要傾聽自己的直覺，跟隨內心的衝動，但也要參考理性，結合直覺衝動與理性，人生才會真的找到出路。做事只用理性，結果會很悽慘，只用感性也是如此。

我們的直覺追隨一種不同組織，想像力也一樣，直覺和想像力把一件事帶到統一之中，那常常是不為因果限制所侷限的。以那種說法，「架構二」與聯想打交道。架構二是心靈的世界，物質世界的源頭，架構二與聯想打交道。

因此在架構二當中，物質世界的可認知事件能以無數方式放在一起，然後再按照我們心理上形成的那些聯想給它們的指示，出現在我們的個人經驗裡。每個人的命運在架構二裡有各種版本，連這輩子的死亡方式和時間都注定好了。但是架構二有二十種可能性可供

選擇，並沒有決定我們的命運，要是不滿意，還可以再創造第二十一種，因為架構二隨時會因著思想的改變而產生新命運。

我常講，一旦接觸賽斯思想，觀念改變了，命運也跟著改變，架構二隨時會偵測到人生觀的改變，馬上創造出新的人生。架構一與架構二是回饋系統，如果沒有架構二的存在，我們連一秒鐘都活不下去。

發生在身上的任何事，都是自己吸引來的

那些好像發生在生命中的巧合、偶遇、未預期事件，之所以來到我們的經驗裡，都是因為我們以某種方式吸引了它們，即使它們的發生可能好像有不可克服的抗力。那些抗力、阻礙，在「架構二」裡並不存在。任何發生在身上的事，不管是巧合、偶然、或是被脅迫，都是自己吸引來的，這句話是賽斯的根本精神，同意了這句話才能拿回自己的神性，不同意等於否定了神性。

像我曾問過一個個案：「你姐姐死於癌症，為什麼你會吸引這件事發生在生命中？你想給自己什麼正面意義？」乍聽之下可能不懂這句話，可是進一步深思，會知道在一個家庭裡，任何成員死亡都會為整個家族帶來震撼與反省，透過這些問句會讓個案瞭解內心的

神性。

我也常問父母：「為什麼會吸引過動的小孩到生命中？這孩子代表了什麼正面意義？」藉由開始回答這些問題才能擴展到靈魂層面，而不是活在痛苦無力的自我層面，從人性擴大到神性，因為神性就是創造性。

有時候我治療癌症病人也是一針見血，直接問：「你為什麼讓自己得到癌症？」如果他是人就沒辦法回答我，如果他想找回自己的神性，會思索這句話，藉由回答問題慢慢找到神性，曾有個個案回答：「原來是我內在沒有覺察到的自己，讓我得到癌症。」

賽斯思想不是光喊口號說：「我有神性。」而是在日常生活的每個面向，幫大家看出為什麼會吸引這些事情發生在身上？靈魂出了什麼功課？想讓自己學會什麼？要能一一破解這些謎語。

每個人在宇宙組織裡有著獨特且重要的角色

（《個人與群體》第一九七頁倒數第二行）到某個程度，我們的直覺引介我們一件事實，即我們在宇宙裡有自己的位置，而宇宙本身對我們有好感。我常跟同學說宇宙偏愛每個人，一切萬有偏愛每個人、每種細菌病毒和落下來的麻雀，因為每隻落下來的麻雀就是它自己。宇宙想幫我們完成夢想，但很多人已經失去了這樣的直覺。

那些直覺說出在那個宇宙組織裡我們獨特且重要的角色。太多人迷失了，覺得自己無關緊要，可有可無，生命沒有意義，因為他們從來沒有認識宇宙，以基督教的說法，從沒有認識過神。任何輕賤自己的人，都在輕賤造物主的智慧。內心的直覺會告訴我們，在宇宙當中我們獨特且重要，每個孩子都知道這一點，可是後來我們拿小明來和小華比較，讓小華很難過，覺得老是比不上小明。於是孩子忘了在宇宙中他有不可取代的地位，沒有認識到人真正的意義和本質，變得既自卑又自大。

人直覺知道宇宙偏向我們這方。然而，我們的推理不這麼認為，理性會說：「我有什麼了不起，這世界比我漂亮的人多得很，錢賺得比我多的人多得很，比我有用的人多得很，我有什麼用？」我們沒有認識到自己的價值，不讓自己的推理力獲得重要資料的結果，因為我們曾經教推理心不信任心靈的能力，而孩子的童話故事則仍攜帶著一些那種古老的知識。接觸賽斯觀念後，必須開始認識到自己在宇宙中的地位、獨特而重要的角色，不管婚姻多悲慘、先生有沒有外遇，都要認知到自己存在的意義。

● 賽斯一直在分開的說「架構一」與「架構二」，實際上這兩者融合在一起，因為「架構一」浸在「架構二」裡，我們的身體不斷在「架構一」裡得到補充，就因為它同時存在於「架構二」裡。兩個世界沒有分開，不斷交換能量，架構二一直在將自己外在化，以「架構二」的形式出現在我們的經驗裡。可是我們一直往外求，沒有瞭解到內在真正的生命。

所有人要開始感覺到自己活在架構二當中，人間和天堂沒有分開，我們仍然在一切萬有裡，身體與宇宙連結，神從沒有離開過我們，我們也沒有離開過神。但現代人失去了這份感覺，想得到愛卻找不到愛，想回歸生命更大的本質又找不到回家的路，於是很孤單憂鬱，忘了神就在我們身邊，宇宙一直懷著善意，不斷提供新能量，而且把它自己變成我們。●

19-6

架構二包含了物質宇宙裡所有可能版本

（《個人與群體》第二○○頁第三行）架構二在一方面可以說是物質宇宙的一個無形版本，然而，另一方面，它卻遠較那個為多，因為架構二包含了物質宇宙的可能變奏，從那最廣大尺度一直到任何實際一天中最微渺事件的可能版本。每天所有的可能性都在架構二當中，像是我中午可能吃雞腿飯、吃麵或不吃飯，有各種可能性。

以簡單的說法，每個人的身體在「架構二」裡有個看不見的副本。不過，當我們活著的時候，那個副本是與我們的肉體組織連在一起的，以致說這兩者——可見與不可見的身體——是分開的可能會引起誤解。我們在架構一死掉後，肉體就沒有了，立刻進入架構二的身體，這也是每天晚上做夢用的身體。我們的物質肉體是在這個世界活動用的，縱使減了三公斤，跟那個看不見的副本基本上沒有關係。做夢時和死亡後的身體，就是在架構二裡的副本。我們有很多不同的身體在不同的世界運作，活著的時候兩個身體相連在一起，卻又分開運作。

以同樣方式，我們的思想在「架構二」裡有個實相，而只為了打個有意義的比喻，思想可以說是物體的相等物，因為在「架構二」裡，思想與情感比物體在物質實相裡重要得多。在「架構二」裡，思想立刻形成模式，跟做夢一樣，在夢中想要一輛車子馬上就會出現，思想直接變成物質，念頭馬上實現，這就是架構二的特色。

在架構二裡，思想是在那個心理環境裡的自然元素，所有的思想混合、融合並組合以形成組成事件的心理細胞、原子與分子。如果相信身體一年比一年衰老，這個思想立刻把架構二裡的身體創造的一年比一年衰老，接著架構一的身體就會越來越衰老。在架構二裡，思想立刻形成實相，在架構一則需要一些時間和努力，不是由念力可以立刻變成實際的東西。

● 架構一只是初級班，我們先到這裡受訓，學習如何用思想和情感形成物質、創造實相，因為在架構二裡思想實現得太快了，會讓人頭昏腦脹，搞不清楚自己是誰。比如說，「覺得自己很棒」是一個思想，於是這輩子越來越棒，所以我們會知道原來用很棒的思想可以讓人生變得很棒；而如果感到絕望和痛苦，會把自己創造成癌症。可是我剛剛講，思想在這個世界需要時間實現，但在架構二，一產生絕望的念頭馬上就死掉了。賽斯說過，這個物質宇宙是訓練教室，讓我們學習如何把能量變成物質。

在架構二中，積極的思想比消極的思想更易具體化

以那種說法，我們感知或體驗到的物質事件，可被比喻為以物質的堅固性存在於時空之中的「心理物件」。這種物質事件好像開始於時空的某處，也同樣清楚的在那兒結束。生命中的每件事都是一個心理物件，剛開始，先在心理世界形成心理事件，然後才具體化在時空當中。

我們可以看著一個物體，像是一張桌子，很確定它存在。可是，我們所經驗到的事件，通常只涉及到表面的感知。以同樣方式，生日宴會、汽車意外，一場橋牌賽、或任何心理事件經驗為心理上是堅固的，這種事件是由那些永遠不會顯現、看不見的「粒子」與超光速感知所組成。換言之，所有事件包含了由「架構二」流入「架構一」的心靈成分。真正內在的事件從架構二而來。就如我們這個世界有牆壁，架構二也有思想和情感，具體化成為生命中的每件事。

因此，任何事件都有看不見的厚度、一個多次元的基礎。「架構二」當中無形的蒼穹有無數模式，與雲彩一樣的變化，它們混合並融合起來形成我們心理的氣候。思想有賽斯暫時稱之為電磁屬性的東西。以那種說法，我們的思想和所有人的思想在「架構二」裡混合與配合，創造出那集體模式，形成在世界事件背後的整體心理基礎。

比如說，要是某個地區的人都感到悲觀，這種悲觀的氣氛會在架構二混合在一起，引起颱風、地震、氣候變化；或是某個地區的人內在都很緊張、有強烈的不安全感，這種情緒思想累積到一定濃度後，在架構二會混合而發生一個事件，第二天這個都市會發生大火，造成很多人傷亡，讓大家更覺得世界不安全。

就像之前三重捷運淹大水，一開始也是先在架構二形成，捷運周遭的居民和捷運局員工內心的恐懼不安，共同形成了這個事件。目前整個世界的人心不安，因此地震天災頻仍。整個架構二就是架構一創造性的基礎，性格決定命運，悲觀的人會不斷在架構二裡吸引悲觀的事件，然後在架構一遇到倒楣的事，有時候越害怕受傷的人，越會被傷害。如果瞭解架構二，就是認識到自己的神性和存在的基礎。

再說一次，「架構二」並不是中立的，它自動傾向於善或建設性的發展。架構二是一個生長的媒介，建設性、「積極的」情感或思想比「消極的」要較容易具體化，因為它們與「架構二」的特性一致。如果不瞭解架構二，永遠不會瞭解是自己形成了命運，想改變人生要先改變當下的自己，再由架構二幫忙創造出新的人生。

如果架構二不是傾向於善良、建設性的，我們的族群早就消失殆盡。而文明的構成——藝術、商業或科技——也不會存在。架構二結合了秩序與自發性，但它的秩序是屬於另外一種的。那秩序是一種圓形的、聯想性的、「自然有秩序」的過程，在其中，自發性自動存在於最能完成意識潛能的整體秩序內。我們常說要傾聽內心的聲音，因為理性的秩序有時候變成了框架，真正的秩序來自於架構二的自發性和內心的衝動。

第20講

20-1

每個人的價值完成有助於其他人的價值完成

（《個人與群體》第二〇二頁第八行）出生時，每個人都自動配備了自然成長的能力，那種成長最能完全滿足他自己的能力，並沒有對其他人不利，卻是在一個整體的範圍裡，在其中，每個個人的完成確定了每個其他人的完成。生命的法則不是犧牲小我完成大我，而是透過自己的價值完成，幫助其他人價值完成，我們追求生命中的喜悅就等於幫助全世界。

賽斯在《健康之道》提到，每個人都必須使用自己的能力、發揮專長、完成自己的成長，唯有如此才能幫助別人，生命的設定就是透過每個個別生命的完成而利益了其他生命，絕對不是要自我犧牲才能讓整個家庭完成，這是錯誤的思想。

以那種說法，有一種與我們密切相連「理想的」心理模式。內我不斷的將我們向那個方向移動。就像植物永遠偏向陽光一樣，內我依靠我們對情況的評估，那是我們的推理配備足以應付的。很多人常覺得事情會越來越糟糕，世界沒有未來，孩子不念書沒有前途，一旦建立起這種悲觀的人生觀，內我就會讓我們過悲慘的人生。賽斯要我們相信生命的本質是壯麗的樂觀，縱使表面上看起來很糟糕，但都能圓滿解決，一切都是最好的安排，抱持著終極的信心，而理性常會欺騙我們，讓我們忽略了生命是壯麗的樂觀。

顯然有各種尺寸、耐久性與重量的物體，有屬於個人也有屬於公眾的物品。那麼，也有「碩大的心理物體」，例如範圍很大的群體事件，也許牽涉到整個國家。碩大的心理物體是指一件事影響到很多人，甚至整個國家，比如說，颱風影響到整個台灣北部、中部、或南部。

也有各種不同程度的群體自然事件，好比說，一大片地區的水災。這種事件涉及了所有當事者之心理上的「形狀」，因此，被這種事件所觸及的那些生命，其內在個人模式多少都有一個共同目的，那同時也符合在一個自然行星基礎上的整體利益。一個行星為了要持久，本身必須捲入於經常的改變與不穩定中。如果想健康，偶爾要生小病感冒發燒，這不是病，身體自我調整才能使用很久，要是從不生病就沒有調整的機會。

如果一個家庭永遠幸福快樂，爸媽不吵架，這個家也不像家，偶爾一定要發生危機、災難，讓全家人有不一樣的感受，重新調整彼此的腳步。永遠幸福快樂的日子不是沒有，是很無聊，過久了會更想自殺，一段時間後覺得活著沒有意思。這個世界常常需要一些災難，提供人類生命力，就像水災把所有家當捲走了，哭個三天三夜之後，還是要重建家園。因此，人類需要天災人禍重新建立平衡，地球偶爾也需要災難重新平衡自己，否則地球不會存在。

如我們所感知的每個物體，草或石，甚至海浪或雲朵，任何物理現象，均有其自己不可見的意識、意向與情感色彩。每一個也被賦予了朝向生長與完成的模式，並非對自然的其餘部分不利，卻剛好相反，因而，自然的每個其他成分也可以被成全。以死亡為例，植物的死亡豐富了土壤，以前的人屍體埋在土底是為了讓土壤肥沃，死亡就是生命。

大自然的地水火風、雷電、草木、海浪、雲朵，都有自己的意識、情感和意向，古早的神話把它擬人化成土地公、土地婆、雷公。每朵雲都有自己的情感，每道閃電都有感受與生命，整個地球由如此多的意識組成，但人類不尊重其他意識，持續污染地球。

人們按照「架構二」而來的資訊，選擇參與或避開某個群體事件

在某些層面，這些人的意圖與自然的意圖會合在一起。人的焦慮、恐懼、不安全感，會與雲朵、水蒸氣、雷電冰雹、太平洋高壓、東北季風的感受結合在一起。比如說，那些捲入一場大洪水的人，潛意識希望過去被沖走，或希望被一陣有力的情感所淹沒。有人希

望遺忘過去的傷痛，於是發動內在感受，與水的意識結合，引來一場大洪水。如果沒有學過賽斯資料，會覺得這些人好可憐，就像很多配偶有外遇或自己有外遇的人，感到很無奈，這種事又不是他們願意的，其實不然，他們自己也想改變才會吸引這件事發生。

有些人想重新感受自然的力量，而常是縱使遭到大自然蹂躪，卻用這樣的經驗來開始新生活。想忘掉過去或重新感受自然力量的人，在架構二把所有的思想混在一起，與水蒸氣、雲朵、太平洋高壓產生交會作用。但是平常氣象學不會提到架構二的部分，只會討論架構一的氣象學。

是誰引發了海嘯地震、河川氾濫？是人。中國歷史上，黃河都是在改朝換代時改道，人心思變，集體的恐懼改變了內在能量，造成氣候變動。要是不明白這些，會覺得人是受害者，一旦瞭解後就能慢慢找回自己的神性。

我從來不覺得人是地震水災的受害者，為什麼？那些不想參與的人會找藉口離開這個地區，也許會有一次偶遇而造成了倉促的旅行，另外有些人憑著預感，也許突然離開那個地區去找新工作，或決定去拜訪在另一州的朋友。他們的經驗不打算與大自然的經驗混合在一起，那樣說來，就不會是那群體事件的參與者。有些人會在登機前一刻臨時取消旅行，絕對沒有受害者。假設高雄即將發生大災難，不打算參與的人會在災難發生前，到美國探親或到台北找朋友。

他們會按照「架構二」而來的資訊行動。那些留下來的人藉著選擇去參與那件事，也是按照同樣的資訊行動。沒有人是受害者，不打算參與的人不會出現在那個地方。讀到這一段，我再也不害怕死於天災人禍，該死的就會死，而且也是自找的，不想死的自然會離開。假設現在台灣注定要發生災難，只要我不打算參與那個計畫，到時候我就不會在台灣，縱使在台灣我也有信心自己不會死，為什麼？因為這就是宇宙的法則。

瞭解這部分的賽斯資料後，生命會完全改變，感覺神在旁邊護佑，而且是自己決定自己的命運。大自然有善良的意圖，縱使是群體事件，也由我們決定要不要參與。比如說，我有個個案的媽媽，在台灣過得好好的，結果跑到美國出車禍被撞死，那是她的選擇，想說沒辦法移民到美國，最起碼可以死在那邊。這是每個人的選擇，是自己的內心與架構二及所有人的心靈起感應，而非命運決定。

20-2

每個人投胎的時空背景都有助於其靈魂成長

（《個人與群體》第二〇四頁第四行）每個人進入時間與肉體生命的時候，已經覺察到它的狀況。意思是每個人投胎前先做過實地考察，對自己要投胎的時代和世界局勢略有所悉，但這是一種生命藍圖，並非絕對。

在生理與心理上自然都很容易在那個豐饒的環境裡成長，並且在所有層面上，對我們族類的成就有所貢獻，但更甚於此，還把我們自己獨特的看法與經驗，加到那包括了我們的更大意識模式上。這一點很重要，我們投胎前早就做好了調查，瞭解即將投胎的環境非常豐饒，就是適合投胎到這個時代，一切都是特別為我們量身訂做的。比如說，大家投胎到台灣，整個地理人文、政治環境就是為了靈魂最大的成長而設計的，就像某些植物特別需要某種肥料一樣，不用抱怨環境，這是自己的選擇。

像是投胎到這個佛教講的末法時代，很多宗教的精髓慢慢式微，只剩宗教的形式、儀軌、戒律，在此時代所經歷的心靈迷失，正是為了我們這一世靈魂成長特別添加的營養素，光是建立起這個觀念就足以肯定自己的存在。我常講，投胎到這個時代的人，最大的功課是體驗何謂無常、不可預測，有了這樣的認知後，不會覺得自己很可憐或環境不安全，我們對於即將發生的一切早已了然於胸，就是知道這個時代的特色才選擇投胎到這裡。

假設我選擇投胎到文藝復興時代，在投胎前就會知道這個時代的特色，那時候的我可能有非常偉大的繪畫才能，也知道有一批人即將投胎到這個時代，像是畫家和製造顏料的人，然後大家共同創造出文藝復興，一切早在架構二先談好了。很多投胎到基督時代的人，早就知道有個基督會誕生，事件發生時，沒有人真的感到訝異和慌亂，在心靈層面上，早已準備好迎接這些改變人類歷史的事件。

因此，不只是種子適應環境和土壤，環境和土壤也會調適，好讓這顆種子萌芽。靈魂一定會尋找最適合自己的環境，以完成這一生的挑戰，每個人還要找到自己的獨特性，把個人的看法和經驗加入整個更大的意識模式上，對當代提供正面的貢獻。

我們正開始瞭解那些存在於物質環境裡的密切連繫。然而，心理上的連繫還更複雜得多，因此，每個人的夢和思想與其他人的都交織在一起，形成了不斷改變的欲望與意向模式，其中有些浮出為具體事件，有些則否。不要以為我們最私密的夢想沒有人知道，所有人類的夢和思想相連在一起，在架構二當中可以立刻溝通。

由此可知，每場大洪水、大地震都是由共同參與者的夢與思想交織在一起，形成了內在潛意識的基礎，每個人並非單獨的個體，沒有一個人與另一個人分開。此外，任何人在其生命中的努力、成就、喜悅，都會加到人類整體的心智中。

20-3

很多人投胎前，會到夢裡熟悉仍在物質實相的親朋好友以求心安

（《個人與群體》第二〇五頁第八行）這裡講到約瑟的夢，他夢到草地上看見已逝世的爸爸和奶奶在等他，奶奶是在約瑟七歲時過世的，約瑟現在約五十九歲，所以等於是他奶奶過世後的五十二年。奇怪的是：奶奶看起來只有三、四十歲，比爸爸還年輕，這位美麗的婦人有著棕色直髮與懾人而充滿強烈磁性的藍綠色眼睛。大家直挺挺地跪著，像老朋友般互相問候、親吻，很高興見到彼此！他不知道這個夢的涵義，直覺認為很不尋常。

賽斯說約瑟的奶奶已經準備好要再投胎了。因為約瑟的父母已經往生，所以約瑟的爸爸在夢中把祖母指給他看，讓祖母熟悉家中還活在物質實相裡的成員。許多人這樣做，在心理上對仍活著的親戚變得覺察，雖然在未來的轉世生活裡也許根本不會見面。舉例來講，如果家中的親人要再來投胎，會到夢中去跟以前認識的人先見個面，如果我的祖母要投胎，可能會先到夢裡跟我熟悉一下，比較心安，說不定她出生在美國，一輩子都不會碰面。

假設一個人所有的親戚都死了，在人生裡會覺得很寂寞。同樣的，很多人在進入人間

投胎時，常常會為了自己確定過去的朋友或親戚已經先在那裡了。尤其是很多的投胎都事先約定好，假設夫妻一前一後死掉，下一輩子決定不當夫妻，要當表兄妹，表哥先下去三年，表妹也要準備下去，要是表哥大表妹八十歲就太離譜了。這是一般的參考標準，由共同的因緣決定，但基本上每個靈魂都有自己的導師、超靈、內我會跟他商量，有些人在進入胎兒肉體前一刻反悔，此時就會流產，因為那個人格臨陣脫逃了。

多數人往生後會在一百年內回來投胎

以地球時間來說，約瑟的奶奶過世五十二年後回來投胎，一般而言，多數人往生後會在一百年內回來投胎，要是離開太久再回來會變得很陌生，但何時回來投胎仍然是靈魂自己的選擇。有兩種人會走快速投胎的道路：第一，本來就在修行的人，身上背負著使命，不會中斷太久，要接續上輩子未完成的工作。如果我明天突然死掉，可能後天就來投胎了，這二十年的時間先交給其它老師，繼續發揚新時代思想，等我長大再接回來做。

第二種則是對人世間執迷不悟，特別迷戀物質、人體、金錢，對很多東西放不下，他們不聽勸告，往生後堅持立刻來投胎，由於事先沒有規劃好，命運特別坎坷，像是成為未婚媽媽生下來的孩子、或是從小顛沛流離，被送到孤兒院。而有些人則是做了很好的規劃才決定當孤兒，兩者不同，後者知道這是他想要的，前者則一輩子晃來晃去，常常恍然若有所思。

每個人的投胎計畫主要由自己擬定，但內我、超靈會協助，不管下輩子選擇投胎什麼國家、性別、職業，都能跟著靈魂的挑戰。比如說，某甲這輩子想當音樂家，可是苦無機會，他會跟超靈商量，下輩子想投胎到一個爸爸教鋼琴、媽媽教小提琴的家庭，此時超靈會提醒他：「要投胎到這個家庭可以，但是他們會對你很嚴格喔！」某甲也同意了，結果生下來可能變成莫札特，從小被逼著學鋼琴。

以賽斯為例，他在很多世都當老師，有時候是商人、神父，有一世是淫亂的教宗，也當過和尚、乞丐婆。當和尚的那一世，他在抄寫前人留下來的經典時突然開悟，發現這就是上輩子的自己寫的。我們累世扮演的性別角色也不一定，要是有的人這輩子過度男性化，他可能選擇連續兩輩子當被男人欺負的女人，以平衡內在的男女特色。

這些觀念和大家以前接觸的佛教觀念完全不同，佛教的觀念是從外在控制人，賽斯的觀念則回到根本，一切由自己做決定，不過會有人從旁輔導，也不能隨心所欲。往生後，很多執著會慢慢放下，不像過去一樣放在心裡。賽斯舉約瑟的奶奶回來投胎為例，讓我們知道靈魂永生，不會消失，也不用擔心天堂地獄。

20-4

遺傳與環境對一個人性格的影響，不如我們以為的多

（《個人與群體》第二〇八頁第七行）賽斯提到一篇論述，說遺傳在所謂個性的形成上扮演的角色，比一般所假設的要少得多。就那方面來說，環境方面的影響也是一樣。可是，文化上的信念使我們傾向以遺傳及環境來詮釋經驗，因此，我們的焦點主要集中在這些信念上面，做為各種行為的主要原因，這造成了本來沒有必要的那麼具結構性之經驗。我們很少專注在例外上，尤其是有些兒童從來不符合他們家庭模式或環境，當然也沒有人企圖去觀察那種「非公認」的行為。

一般的家族治療和心理學，都強調人在性格和宿命上是家族的產物，在健康上是遺傳的產物，賽斯說這個觀念不對。其實家庭環境對每個人帶來的影響沒有那麼大，有時候影響兒童最深的不是父母，而是超人、蜘蛛人，甚至是灰姑娘或麻雀變鳳凰的故事。

在人類活動背後巨大的「組織模式」常常幾乎逃過了我們的注意。舉例來說，很多人經常讀到有些人受到虛構人物、過去人物或陌生人的影響，好像比受自己的家庭影響還多。

這種情形被認為是怪事。影響一個人性格最多的也許是個神話故事、國父或關公，甚至是漫畫或傳記文學裡的主角。

以我家為例，我和我哥哥一點都不像環境下的產物，我們家沒有宗教背景，父母務農、拉拔小孩長大，結果一個當和尚，一個學賽斯。因此，這和每個人的先天特質有關，真正影響我們一生的人不見得是具體環境下的人事物。人的一生不見得像心理學講的受其環境影響很深，這種觀點侷限了一個人的精神能力。

肉體並非接收資訊的唯一途徑

人類人格對各種刺激遠比我們假設的要開放得多。很多資訊根本不是透過肉體的途徑傳達。有時候影響我們最深的人不是白天看得到的人，我說的不是鬼，而是晚上出現在夢境的人，也許我有個好朋友是冰島人，一輩子沒見過面，擦身而過也不知道他是誰，但我們經常在夢中交換經驗，一起遊戲，分享彼此的感受。很多人與我們素昧平生，可是特色接近，早在夢中神交多年，靈魂的經驗絕對不是如此狹隘，人類心靈的本質非常豐富。事實上，真正影響人一生最深遠的不見得是實質事件，有時候一場特殊的夢改變了一輩子的命運。

賽斯說過，最早的宗教來自於說法者，說法者不是在人間說法，而是在夢境裡。說法者來投胎時，反而比較像實地考察，主要的工作已在架構二完成了。比如說，像基督到人間創設基督教，真正的基督教早在架構二創好了，祂只是帶到人間；佛教也是一樣，起源地不是在這個世界，是在夢的宇宙，藉由佛陀把宗教精髓帶到物質宇宙來。

許多影響世界的偉大發明也都先在夢的宇宙出現，舉例來講，之前讀書時，常常爭論紙到底是誰發明的？中國人說紙是中國人發明的，德國人說是他們發明的，各執一詞，其實紙是先在夢裡發明的，很多人在夢裡得到訊息，醒來後靈光乍現，就知道如何造紙了，所以好多地方同時發明紙。

真正改變人一生的契機，都先在夢裡發生。假設有同學說他是因為聽了我的演講或是看賽斯書而改變命運，事情並非如此，其實是他先在夢裡接觸，結果白天看到書、聽到演講，一下子就認出來了。學習都先在夢境中開始，人格的學習能力遠比大家以為的更豐富，沒有那麼單純。

如果資訊只透過肉體途徑而為個人接收的話，那麼，遺傳與環境必然被視為人類動機背後的原因。如果我們瞭解人格的確能對其他種類資料有不只肉體上的通路，就是透過夢、直覺、第六感、潛意識等這麼多通路，我們就會開始想，那些資訊在個性形成與個人成長上有什麼影響。孩子在出生時早就擁有個性，而他們生命的整個可能意圖在出生時就已存在，就如他們後來將擁有成人身體之可能計畫也已存在一樣確定。每個孩子生下來就有先天的傾向，很多父母還傻傻的想把孩子塑造成心目中的樣子，孩子有自己生命的路要走，越妨礙他會越痛苦，父母能做的是瞭解、接納、尊重、引導。

20-5

意識形成基因，而非其反面

（《個人與群體》第二〇九頁第九行）意識形成基因，而非其反面。賽斯思想強調，基因由意識所形成，這個世界的文明為什麼越來越膚淺？心理學只剩下水果漂亮的表皮，而沒有果肉，目前的科學一直告訴大家，人是先有基因才產生意識與思想。父母把小孩子送到學校學習，分數高不要太高興，功課越好中毒越深，因為孩子學到的觀念是人先產生基因，基因運作之下身體長大成人而產生思想，宇宙沒有創造者，萬物是演化競爭突變，那套思想完全錯誤。

將出生的嬰兒是個媒介體，意識透過嬰兒把新資料加進染色體的結構，每個投胎的孩子，都把過去累世的經驗加到染色體裡，我們身上的染色體不只帶有家裡遺傳的基因，還有自己靈魂轉世的記憶。也就是說，一個人格要進入胎兒前，先把累世的經驗灌在染色體裡，影響他的不光是環境和父母，主要是累生累世的遺傳基因。

但這些過去的東西並非來限制我們，而是把種種的可能性加到靈魂裡，當作資產幫我們發揮潛能。縱使意識上不知道自己曾經轉世當過誰，現在所有的經驗和人際關係仍深受其影響，後天父母教導的觀念和成長環境則是次要因素。我常說，一顆西瓜籽種在土裡，施肥後會變成冬瓜嗎？不會。先天因素最重要，西瓜就是西瓜，後天環境只能決定它的大小而已。大家要尊重生命，尊重每個孩子不同的特色。

孩子從生下來，對所有物質事件的覺察就多得超乎我們想像。孩子利用早年去探索，尤其是在夢境，探索適合自己幻想與意圖的其他種類資料，而不斷接到完全與他的遺傳或環境無關的一連串資料。這個東西會在孩子的生命當中發動，與遺傳和環境無關，在一般家庭長大的孩子也可以出類拔萃。

以我自己為例，小時候常抱怨：「我這麼優秀的孩子，怎麼會出生在這麼平凡的家庭？」我當時非常苦惱，長大後慢慢發現，原來我就是要選擇這個平凡的家庭，希望透過這個環境形成這輩子特殊的人格。而且我這輩子的人格大部分由我自己決定，父母幾乎沒有決定我的個性和發展方向，也不瞭解我的成長過程。

如果有人現在打電話給我媽媽，問她：「你兒子在哪裡？」她會說：「不知道。」我媽媽只會叫我去睡覺和弄東西給我吃，就覺得很安心了。事實上，我除了高三和上成功嶺住在外面之外，從沒離開過家，可是父母都不知道我在做什麼、交什麼朋友、談幾次戀愛，他們不會管我，我也沒說。我幾乎是自己長大的，哥哥姐姐也沒教過我什麼，我高中時還要教哥哥微積分，那時候他讀技術學院。雖然我哥哥出家當和尚，但是他和父母關係密切，在美國發生什麼事我媽都知道，我覺得這是一種家族間很奇妙的聯繫。因此，遺傳環境與孩子的關係會因人而異，有些人的成長過程親人參與很多，而有些人則跟我一樣。

每個人的人生計畫與同時代的人多少相符

舉例來說，在這些其他層面上，像夢、直覺的層面，孩子知道差不多和他同時代出生的人，也就是投胎前，事先知道這輩子可能會認識的人，我們知道的東西遠比以為的更多，雖然不是在意識層面，縱使如此，背後始終有個因緣在牽引著，會發生的就是會發生。但這和佛教講的因緣不同，佛教講的是從外面牽引著每個人，我們這邊講的是內心在牽引著自己，只是我們並不自知。

每個人「個人的」人生計畫與同時代的人多少相符。我們來到這個世界實現理想，同時代的人也有共同的想法，像我很想把新時代和賽斯思想發揚光大。其實很多同學在投胎前，就知道這輩子會遇到我，我們為了這個投胎前的約定，與同時代的人相遇，共聚一堂，這叫做交會點。某時某地的人生交會點遇到了某個人，生命就此展開，好比潛在的基因發動了，但那個基因在未發動前早已存在。

很多人會有一種「我找到了」的感覺。我第一次看到賽斯書時，就是如此，彷彿找尋一輩子，終於如獲至寶，理所當然接受了，在基因裡、潛意識當中，一種前世的約定因此發動了。甚至感覺自己就是為了這次相會而出生，與這麼多人相約到人間一起踏上愉快的旅程。但是現代人失去這樣的覺知，在意識層面上不斷背離當初所知道的一切，所以迷失了，找不到方向和志同道合的人。

20-6

每個人的生命藍圖，都預先設定一些「基本接觸點」讓生命轉化

（《個人與群體》第二〇九頁倒數第三行）每個人「個人的」人生計畫與同時代的人多少相符，那些計畫彼此溝通了，而可能性即刻在「架構二」開始運轉。所有的交會點、可能性都在架構二裡，潛藏等著要浮現出來，影響我們生命的那些人和事件都在那邊等著，直到交會點發生。

到某個程度，生命做了一些計算，因此某甲在三十年後會在市場上遇到某乙，然後送賽斯書和許醫師的書給他，如果這符合雙方的意圖。某次相遇剛好改變了這輩子的命運，轉變整個人生，這就是所謂的交會點。很多交會點早在投胎前先約定好：「對不起，三十年後，在我最失意時，麻煩在市場上撞我一下。」結果兩個人吵了一架後，突然發現彼此是生命中最契合的人。很多人世間的巧合意外，都先在架構二安排好，而不是偶然，生命多麼有福氣！多麼豐富！

在每個人的一生裡，會有某些「基本接觸」，那被設定為很強的可能性或個人將來會

成為的計畫。那個計畫在未來人生的某個片刻會碰到，也許是婚姻最痛苦的時刻、離完婚的那一瞬間；或是孩子長大後，生命突然出現一個碰撞，每個人內在的生命藍圖，都有一些基本的接觸點讓生命轉化。

那麼，有一些事件的「身體」，那是我們會以某種方式具體化的，幾乎就像我們由小嬰兒變成大人的身體一樣。在人生道路上，二十歲、三十歲、五十歲，可能會遇到一個特殊的人轉變了一生，從此以後，生命裡的精神性身體就朝那個方向成長。

我的一生也是一樣，如果不是經歷高三那場戀愛的痛苦，不會遇到賽斯；如果沒有遇到賽斯，不會遇到王季慶女士；如果沒有遇到她，不會參加這些新時代的讀書會，現在也不會推廣賽斯心法。每個環節看似巧合，其實不然，比較像是打撞球，每個角度要先算好，環環相扣，要是其中一個可能性沒有發生，生命就會有不同的結局。

但是，生命中就是有這些交會點，比如說，在某個時間點會出現白馬王子、外遇的對象、無話不談的朋友，讓生命完全改變。雖然有時候我們會因恐懼和不安全感而迷失，此時疾病或人生痛苦就是一種提醒，告訴我們走錯了方向，此路不通，回頭是岸吧！

身體處理物質的東西，這些東西有自己的意識與實相。很明顯的，我們的精神生活是處理心理上的事件，在所謂的正常覺知之下，兒童朝向那些將組成他人生事件之「精神身體」成長。意思是，每個人生都有碰撞點，就像我哥哥讀完技術學院後，接觸佛學出家，而我在同時間接觸到賽斯思想，兩個人都在那時走到了生命的分岔點，他發展他的精神性身體，我則發展另外的精神性生活。

● 那些使得每個人特殊化之獨特意向存在於「架構二」裡，而一旦出生，那些意圖立刻開始影響「架構一」的物質世界。我們整個生命藍圖還存在於架構二，出生後，開始影響我們的物質生命，後來這些東西被扭曲了，變成天狼星、紫微星或八字在牽引著一個人的命運，事實上，是架構二裡自己的生命藍圖在牽引，即使到了三、四十歲，仍深受影響。架構二與架構一的自己密切合作，影響人的一生。

每個人都有內在的神諭，指引我們往某條路創造展現，推動生命朝向價值完成，而不是跟著頭腦的恐懼走，一旦背離了生命，永遠不會快樂。有時候，某些失敗是為了成功，例如婚姻失敗人生才會成功、或是教育孩子失敗靈魂才會成功。

很明顯的，每個兒童的出生改變了世界，因為他建立了一個即刻的心理動力，而開始影響在「架構一」與「架構二」兩者裡的行動。每個生下來的兒童開始改變這個世界，因為他同時在架構一與架構二穿梭。

愛的推廣辦法

看完這本書，是否激盪出您內心世界的漣漪？

如果您喜歡我們的出版品，願意贊助給更多朋友們閱讀，下列方式建議給您：

1. 訂購出版品：如果您願意訂購一千本（印刷的最低印量）以上，我們將很樂意以商品「愛的推廣價」（原售價之65折）回饋給您。
2. 贊助行銷推廣費用：如果您認同賽斯文化的理念，願意贊助行銷推廣費用支持我們經營事業，金額達萬元以上者，我們將在下一本新書另闢專頁，標上您的大名以示感謝（每達一萬元以一名稱為限）。

請連絡賽斯文化或財團法人新時代賽斯教育基金會各地分處，我們將盡快為您處理。

●愛的連絡處

如果您認同本書的觀念及內容，想要接受我們的協助；如果您十分認同本書的理念，想依循本書的觀念成為一位助人者的角色；如果您樂見本書理念的推廣，而願意提供精神及實質的協助：請與財團法人新時代賽斯教育基金會各地分處連繫：

●台中總會　陳嘉珍　電話：04-22364612
E-mail: natseth337@gmail.com
台中市北區崇德路一段六三一號A棟十樓之一

●董事長新店服務處　馬心怡　電話：02-22197211　傳真：02-22197211
E-mail: sethxindian@gmail.com
新北市新店區中央五街五一號

●台北辦事處　林娉如　電話：02-25420855
E-mail: seth.banciao@gmail.com
台北市中山區長安東路二段四十九號六樓

●三鶯辦事處　陳志成　電話：02-26791780, 0988105054
E-mail: sanyin80@gmail.com
新北市鶯歌區文化路二一四號

●嘉義辦事處　趙烱霖　電話：05-2754886
E-mail: new1118@gmail.com
嘉義市民權路九〇號二樓

●台南辦事處　關倩芝　電話：06-2134563
E-mail: sethfamilyl@hotmail.com
台南市中西區開山路二四五號十樓

●高雄辦事處　黃久芳　電話：07-5509312, 0921228948　傳真：07-5509313
E-mail: ksethnewage@gmail.com
高雄市左營區明華一路二二一號四樓

●屏東辦事處　羅那　電話：08-7212028　傳真：08-7214703
E-mail: sethpintong@gmail.com
屏東市廣東路一二〇巷二號

●賽斯村　陳紫涵　電話：03-8764797　傳真：03-8764317
E-mail: sethvillage@gmail.com
花蓮縣鳳林鎮鳳凰路三〇〇號

●賽斯ＴＶ　林憶葭　電話：02-28559060
E-mail: sethwebtv@gmail.com
新北市三重區三德街二九號

●香港聯絡處　韓雅欣　電話：009-852-2398-9810
E-mail: seth_sda@yahoo.com.hk
香港九龍旺角花園街一二一號利興大樓5字樓D室

●深圳聯絡處　田邁　電話：009-86-138-2881-8853　E-mail: tlll-job@163.com

●美國科羅拉多丹佛讀書會　謝麗玉　電話：303-625-9102　E-mail: lihyuh47@gmail.com

●美國紐約讀書會　Peggy Wu　電話：718-878-5185　E-mail: healingseeds@yahoo.com

●加拿大多倫多讀書會　Petrus Tung　電話：416-938-3433　E-mail: babygod65@gmail.com

●加拿大溫哥華讀書會　Andy Loh　E-mail: adcnr.info@gmail.com

●台灣身心靈全人健康醫學學會　林娉如　電話：02-22193379　傳真：02-22197106
E-mail: tshm2075@gmail.com
新北市新店區中央七街二六號四樓

SethTV

賽斯公益網路電視台 www. SethTV.org.tw

這是一個24小時無國界的學習與成長，連結科技網路與心靈網路為您祝福!

賽斯心法媒體推廣計畫 600元 幫助全人類身心靈成長，您願意嗎?!

當許多媒體傳遞帶著恐懼與限制的訊息，你是否問過究竟什麼才真能讓你我及孩子對未來、對生命充滿期待與喜悅，開心地想在地球上活出獨特與精彩?

賽斯教育基金會感謝許添盛醫師及其他心靈輔導師、實習神明分享愛、智慧與慈悲的身心靈演講/課程/紀錄做為「賽斯公益網路電視台」的優質節目；我們規劃製播更多深度感動的內容，讓一篇篇動人的生命故事鼓舞正逢困頓的身心，看見新的轉機與希望「遇見賽斯，改變一生」。

您的每一分贊助，不但能幫助自己持續學習成長，同時也用於推廣賽斯身心靈健康觀，讓更多人受益。感謝您共同參與這份利人利己的服務!

免費頻道

播映許添盛醫師、專業心靈輔導師老師的賽斯身心靈健康公益講座，
進入網站即可完全免費收看!

贊助頻道

只要您捐款贊助「賽斯心法媒體推廣」計畫，並至基金會海內外據點
或至SethTV網站填妥申請表，就能成為會員獲贈收看贊助頻道。
後續將以E-mail通知開通服務，約1~7個工作天

贊助頻道播映許添盛醫師、專業心靈輔導師的賽斯書課程、講座；
癌友樂活分享、疾病心療法系列、教育心方向系列、金錢心能量系列、
親密心關係系列等用心製作的優質節目。

※ 詳細內容請參考每月節目表；若有異動以 SethTV網站公告為準

SethTV 線上申辦

SethTV專戶
戶名 財團法人新時代賽斯教育基金會
銀行代號 017
兆豐國際商銀 北台中分行
帳號：037-09-06984-8

或洽愛的聯絡處申辦♥

任何需要進一步說明，請洽SethTV Email:sethwebtv@gmail.com Tel:02-2219-59

※長期徵求志工開心參與~網站架設、網頁設計；攝影、剪輯；節目企劃、製作；字幕聽打、多國語文翻

百萬CD
千萬愛心

請加入賽斯文化　百萬CD推廣行列

自2006年10月啟動「百萬CD，千萬愛心」專案至今，CD發行數量已近百萬片。這一系列百萬CD，由許添盛醫師主講，旨在推廣「賽斯身心靈整體健康觀」，所造成的影響極其深遠。來自香港、馬來西亞、美國、加拿大、台灣等地的贊助者，協助印製「百萬CD」，熱情參與的程度，如同蝴蝶效應一般，將賽斯心法送到全世界各個不同角落——隨著百萬CD傳遞出去的愛心與支持力量，豈止千萬？賽斯文化於2008年1月起，加入印製「百萬CD」的行列。若您願意支持賽斯文化印製CD，請加入我們的贊助推廣計畫！

百萬CD目錄＞（共九輯，更多許醫師精彩演說將陸續發行）

1 創造健康喜悅的身心靈
2 化解生命的無力感
3 身心失調的心靈妙方（台語版）
4 情緒的真面目
5 人生大戲，出入自在
6 啟動男人的心靈成長
7 許你一個心安
8 老年也是黃金歲月
9 用心醫病

贊助辦法＞

在廠商的支持下，百萬CD以優於市場的價格來製作，每片製作成本10元，單次發印量為1000片。若您贊助1000片，可選擇將大名印在CD圖標上；不足1000片者，也能與其他贊助者湊齊1000片後發印，當然，大名亦可共同印在CD圖標上。

1 每1000片，贊助費用10000元，沒有上限。
2 每500片，贊助費用5000元。
3 每300片，贊助費用3000元。
4 每200片，贊助費用2000元。
5 小額贊助，同樣感謝。

您的贊助金額，請匯入以下帳戶，並註明「贊助百萬CD」，賽斯文化將為您開立發票。
戶名：賽斯文化事業有限公司
郵局劃撥帳號：50044421
銀行帳號：台北富邦銀行
ATM代碼012　380-1020-88295

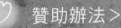

依爾達家族
ILDA FAMILY

你。就。是。依爾達

依爾達 About

隸屬於九大意識家族中的一支

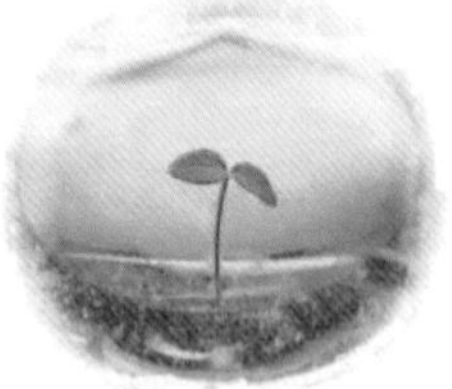

依爾達是由「交換者」組成，
主要從事概念、產品、社會與政治觀念之交換與交流的偉大遊戲。
他們是種子的攜帶者。

他們是旅行家，把他們的想法由一個國家帶到另一個。
他們是探險家、商人、士兵、傳教士及水手。
他們常常是改革運動的成員。

他們是概念的散播者及同化者，他們在各處出現。
他們是一群活潑、多話、有想像力而通常可親的人。
他們對事情的外貌、社會的習俗、市場、目前流行的宗教
或政治理念有興趣，他們將之由一處散播到另外一處。

——摘自賽斯書《未知的實相》

愛，愈分享愈多；生命，愈分享愈廣闊

「依爾達計畫」本著回饋和照顧支持者的心，
希望邀請對賽斯思想和身心靈健康觀有高度熱忱的朋友，
共同加入推廣員的行列，成為「依爾達」計畫的一份子。
傳遞你的感動、分享你心靈成長與生命故事，同時豐富自己的內在與物質生活。
現在，就拿起電話加入依爾達計畫：(02)2219-0400 依爾達小組

賽斯文化 特約點

台北	佛化人生	台北市羅斯福路3段325號6樓之4	02-23632489
	政大書城台大店	台北市羅斯福路三段301號B1	02-33653118
	水準書局	台北市浦城街1號	02-23645726
中壢	墊腳石中壢店	桃園縣中壢市中正路89號	03-4228851
台中	唯讀書局	台中市北區館前路5號	04-23282380
斗六	新世紀書局	雲林縣斗六市慶生路91號	05-5326207
嘉義	鴻圖書店	嘉義市中山路370號	05-2232080
台南	金典書局	台南市前鋒路143號	06-2742711 ext13
高雄	明儀圖書	高雄市三民區明福街2號	07-3435387
	鳳山大書城	高雄縣鳳山市中山路138號B1	07-7432143
	青年書局	高雄市青年一路141號	07-3324910

依爾達 特約點

台北	賽斯花園5號出口	台北捷運南港展覽館站五號出口	02-26515521
桃園	大湳鴻安藥局	桃園縣八德市介壽路二段368號	03-3669908
	新時代賽斯中壢中心	桃園縣平鎮市中正三路186號	03-4365026
	彭春櫻讀書會	桃園縣楊梅市金山街131號7樓	0919-191494
新竹	新竹曼君的店	新竹市東南街96巷46號	035-255003
	玩家家	新竹縣竹北市隘口一街157號1樓	0937-696141
	光之翼賽斯竹東中心	新竹縣竹東鎮大林路155號	03-5102851
台中	賽斯興大讀書會	台中市永南街81號	0932-966251
	心能源社區讀書會	台中市北屯區九龍街85號	0911-662345
	賽斯沙鹿花園	台中市沙鹿區向上路六段762號	04-26522209
彰化	欣蓮欣香香鍋	彰化大村鄉福興村學府路32號	0912-541881
南投	馬冠中診所	南投市復興路84號	049-2202833
台南	賽斯生活花園	台南市安南區慈安路205號	06-2560226
高雄	天然園	高雄市林園區林園北路264號	07-6450406
	大崗山推廣中心	高雄市阿蓮區崗山村1號	07-6331187
	新時代賽斯鼓山推廣中心	高雄市鼓山區裕興路145號	07-5526464
台東	新時代賽斯台東中心	台東市廣東路252號	0933-626529
美國	北加州賽斯人	sethbayareagroup@gmail.com	
馬來西亞	賽斯學苑	sethlgm@gmail.com	009-60122507384
	心灵伴侣	soulmates.my@gmail.com	009-60175570800
	賽斯舞台	mayahoe@live.com.my	009-60137708111
	檳城賽斯推廣中心	SethPenang@gmail.com	009-60194722938
新加坡	LALOLN	elysia.teo@laloln.com	009-6591478972
大陸	廈門發現白光賽斯生活館	1350265717@qq.com	0592-5161739
	江蘇無錫讀書會	wangxywx@126.com	13952475572

Seth
賽斯身心靈診所

◎院長　許添盛醫師

本院推展身心靈健康的三大定律：
一、身體本來就是健康的。
二、身體有自我療癒的能力。
三、身體是靈魂的一面鏡子。
結合身心科、家庭醫學科醫師和心理師組成的醫療團隊；啓動人們內在心靈的自我康復系統，協助社會大眾活化人際關係，擁有更美好的生命品質。

許添盛醫師 看診時間

週一 AM 9:00-12:00　PM 1:30-5:00

週二 AM 9:00-12:00　PM 1:30-5:00　PM 6:00-9:00
（個別預約諮商）

週三 AM 9:00-12:00
（個別預約諮商）

◎門診預約電話：(02)2218-0875、2218-0975
◎院址：新北市新店區中央七街26號2樓
（非健保特約診所）
◎網址：http://www.sethclinic.com

心靈的殿堂 賽斯學院
需要您慷慨解囊 一起播下愛的種子

賽斯鼓勵每一個人都應該去建立內在的「心靈城市」...

賽斯村就是賽斯家族內在的「心靈城市」，就是心中的桃花源，就是我們心靈的故鄉。

在這裡沒有批判，沒有競爭，沒有比較，充滿智慧，每個生病的人來到這裡就能得以療癒，每個失去快樂的人來到這裡就能重獲喜悅，每個生命困頓的人來到這裡就能找到內在的力量，重新創造健康、富足、喜悅、平安的生命品質。

「賽斯村-賽斯學院」由蔡百祐先生捐贈，從心中藍圖到落實為一磚一瓦的具體建築，民國103年第一期工程「魯柏館」及「約瑟館」終於竣工；在這段篳路藍縷的興建過程中，非常感謝長久以來各方的贊助與支持，「賽斯學院的建設計畫」才能順利進行。

第二期工程「賽斯大講堂」即將動工，預估工程款約三仟萬，期盼您的持續贊助與支持~~竭誠感謝您的捐款，將能幫助更多身心困頓的人找回生命的力量！

服務項目

◎住宿 ◎露營 ◎簡餐 ◎下午茶 ◎身心靈整體健康觀講座 ◎身心靈成長工作坊 ◎賽斯資料課程及讀書會 ◎個別心靈對話 ◎全球視訊課程連線 ◎企業團體教育訓練 ◎社會服務

捐款方式

一、匯款帳號：006-03-500435-0　銀行：國泰世華銀行 台中分行
戶名：財團法人新時代賽斯教育基金會

二、凡捐款三仟元以上，即贈送「賽斯家族會員卡」一張，以茲感謝。
（持賽斯家族卡至賽斯村住宿及在基金會各分處購買書籍書、CD皆享有優惠）

地址：花蓮縣鳳林鎮鳳凰路300號　電話：(03)8764-797
http：//www.sethvillage.org.tw　Mail：sethvillage@gmail.com

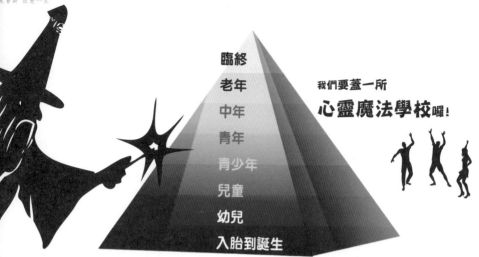

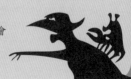

國家圖書館出版品預行編目(CIP)資料

信任：《個人與群體事件的本質》讀書會. 2 / 許添盛口述；李宜懃文字整理. -- 初版. -- 新北市：賽斯文化, 2016.01
面；　公分. --（賽斯心法；2）
ISBN　978-986-6436-76-5（平裝）

1.超心理學　2.讀書會

175.9　　104026890